刑偵三人組

消失的遺囑

修訂版

2

麥曉帆 著

山邊出版社有限公司

偵探檔案

歐陽小倩

年齡：十七歲

性格：內向低調、寬容大度

愛好：閱讀所有名家偵探故事

　　一個不擅言談，相貌平平的中四女生，實則是大名鼎鼎的校園女偵探。擁有極佳的思考判斷能力，推理細緻嚴密，屢破奇案；常常在真相未明之前，可依靠自身敏感而精準的直覺力，獲得破案線索，在靈光一閃間領悟案件真相。

趙婉瑩

年齡：十七歲

性格：外向熱情、脾氣火爆

愛好：所有跟潮流有關的資訊搜集

　　倩倩最好的朋友、同學兼鄰居，擁有模特兒般的身高、明星般的甜美外貌，是個鋒芒畢露的漂亮女生。對潮流有非常敏銳的觸覺，隨時保證自己站在時尚的最前沿，不過，學習成績相當令人絕望。

趙均均

年齡：十五歲半

性格：熱情大膽、行事誇張

愛好：惡作劇、餵養寵物豬

　　趙婉瑩的弟弟，天資聰穎，成績優異，連跳兩級，現與姐姐、倩倩就讀同一班。喜歡誇大其詞，製造各種駭人聽聞的搗蛋事件，是一個讓人頭痛的問題小子。從小喜歡看偵探小說，幻想自己是一個大偵探，自封倩倩的得力助手。

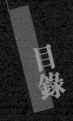

目錄

序幕

晴朗的天空下，一對情侶漫步在香港公園的小道上。

陽光透過密集的樹葉，在小道上形成星羅棋布的斑點，把它裝飾成了美麗的星光大道；迷人的花香在空氣中四處瀰漫着，甜美而温暖，讓人彷彿走進了五彩繽紛的糖果店；蜜蜂的嗡嗡聲和雀鳥的鳴叫聲隱約地從遠處傳來，替代了寧靜，卻又不至於吵得破壞一切浪漫的氣氛。

這對年輕情侶緊緊地牽着手，無憂無慮地到處閒逛。

女孩長得非常漂亮，留着一頭黑色的長髮，臉孔尖尖的，穿着一套淺藍色的連衣裙，她活潑好動，看見什麼有趣的植物都要停下來觀賞一番；而和她一起的男孩，皮膚黝黑，個子不高，相貌也很普通，但長相憨厚，還長着一雙充滿智慧的眼睛。

他倆只有二十多歲，才剛剛從大學畢業。在這個美麗的下午，他們一邊走，一邊輕聲交談，計劃着未來，把整個世界都拋在了腦後。

他們的臉上都洋溢着幸福。

走着走着，到了小路的盡頭。兩人離開了綠草如茵的公園，轉眼便踏上了熙來攘往的大馬路。車輛從他們身旁隆隆駛過，掀起一陣沙塵，把身體柔弱的女孩引得咳嗽起來，男孩立即溫柔地拍着她的背，令她漸漸舒緩下來。

「接下來，我們到哪兒去？」當她感到好點之後，微笑着問道。

「到哪裏都沒所謂。」男孩聳了聳肩。的確，對於他來說，只要和她在一起，到哪兒去都沒有關係。如果她要去山頂，他會陪她到山頂去；如果她要去海灘，他也會陪她到海灘去；如果她說要去天涯海角，他也會毫不猶豫地帶上僅有的幾件行李，告別自己的一切，亦步亦趨地跟隨着她……

他們互相之間是那麼信任和愛慕，世間根本沒有任何力量能把他們分開。

彷彿是要對此作出異議般，一架銀色的豪華轎車急速停了下來。

它煞停得那麼突然，以致發出了一陣刺耳的巨響，把站在人行道上的那對情侶嚇了一大跳。他們呆若木雞地盯着車子，不知道接下來將要發生什麼事。

車子後門被打開，一個中年人走了出來。他長得很

高，身穿筆挺的灰色西裝，右手拿着一支雕花拐杖，兩眼炯炯有神，表情嚴肅地望着兩人。

女孩一看見他便怔住了。

「爸爸！」她的聲音顫抖起來。

中年人皺着眉，以難以置信的速度往兩人衝去，女孩得很努力才控制住自己沒有後退一步；接着他粗暴地伸出手去，緊緊抓着她的手臂，二話不説就往回拉。

「等等，爸爸，你在幹什麼？」女孩掙扎着甩掉了他的手，質問道。

中年人把拐杖一敲，指着那個男孩罵道：「我警告你！立即離開這兒，不然，我就要對你不客氣了。」

男孩還來不及回答，女孩便大聲抗議了：「爸爸！你怎麼能⋯⋯他是我的男朋友！他喜歡我，我也喜歡他。你沒有權利把他趕走！」

「你！」女孩的父親生氣地望向她，「幸好我踫巧路過這兒，撞破你們的好事，不然真不知道你會被他蒙騙多久！你以為這些窮小子是真心喜歡你？他們都是在貪覬着我們家族的錢，很快他們就會露出本來面目。你千萬不要上他們的當！」

「不，我是真心喜歡你的女兒⋯⋯」男孩往前走了半

步。

「你閉嘴！」中年人舉起拐杖恫嚇他道。

「爸爸，」女孩大喊，「你錯了。我已經長大了，你還不相信我的判斷嗎？阿恆真心愛我。事實上，當我們認識的時候，他根本就不知道我是你這個億萬富翁的女兒。的確，他和我可能不夠『門當戶對』，但你又怎能由此斷定他貪圖的就是錢呢？一直以來，你就反對我交任何朋友，如果我和任何男孩過度親密，你就會立即找人把對方趕走，所以我才不敢把談戀愛的事告訴你啊！對不起，我隱瞞了這一切，但請你成全我們吧！事實上，我和阿恆決定下個月便結婚了。」

女孩的父親聽後瞪大了眼睛，似乎受到了很大的震動。

「爸爸，阿恆是一個很好的年輕人。」她把手放在父親的肩上，「他一定會好好地照顧我一輩子。而且，以他的資質，我肯定他不會讓你失望的。」

中年人沉默起來，視線在兩個年輕人之間搖擺不定；有那麼一刻，她以為他已經接受了這段感情……

但她父親冷酷地開口了，說出了那段她畢生無法原諒的話。

「你要多少錢？」中年人望着男孩説，「讓我們在這裏作個了斷吧，既然你要的是錢，那麼就説個數目。這對你來説有利無弊，既拿到錢，又不需要整天裝作愛上我女兒……」

説着他把支票簿掏了出來。

「爸爸，我不許你侮辱阿恆！」女孩氣得眼冒淚花，她衝上前去，一把奪過支票簿，撕得粉碎。

接下來所發生的衝突、推撞和謾罵，已經沒有人敢於回憶了，當他們真正從暴怒中清醒過來時，所有事情已經無法挽回了。

中年人再也無法維持他應有的企業家風度，一邊揮動着拐杖，一邊破口大罵：「好啊！算我生錯了你這個女兒，你喜歡和他結婚就結婚吧！你聽着，當我死去後，我一分錢也不會留給你和這個混蛋！我説到做到！」

「我一點兒也不介意！」他女兒也不甘示弱，哭着叫道，「因為我再也不想你把我像隻金絲雀般供養着，你喜歡把那些臭錢給什麼人都可以！我和阿恆一分錢也不想要。」

聽見這話，她父親已經再也管不住自己的舌頭了。

「既然你這樣想，好！我成全你。我現在正式宣布，

我和你正式脫離父女關係！我就當從沒有過你這個女兒！你也別想再回到這個家來！」

「那很好！」她女兒滿眼淚花，昂着頭回答。

男孩和女孩一起盯着這位專橫的企業家；在這段凝重的沉默期間，大家都開始為這場因誤解而起的爭執而感到後悔。

這時候，企業家的轎車司機從駕駛座裏出來，小心翼翼地開口了。

「呃……老闆。」他用接近耳語的聲音説，「落成典禮快要開始了……」

中年人愣了幾秒，然後猛地轉過身去，彷彿要躲開什麼似地衝進了轎車後座，然後重重地關上了門；轎車司機重新發動了引擎，踩下油門，汽車便咆哮着漸漸遠去，不多久便消失在兩人的視野裏。

這時候女孩再也忍不住了。她把頭埋進男孩的懷裏，嚎啕大哭起來。

男孩不斷地安慰着她，但似乎都不起作用。

自此以後，女孩再也沒有踏進家門半步。

那時是一九九一年。

第一章　科學館旅行團

倩倩、婉瑩和均均，此刻正並排坐在一架旅遊巴的座位上。

在這個晴朗的星期五早上，倩倩、婉瑩和均均之所以會坐在隆隆作響的旅遊巴裏，並不是要去查案。和所有坐在旅遊巴裏的中四級同學一樣，他們正在往這次班級旅行的目的地進發，準確點來説，他們正準備前往位於尖沙咀的香港科學館參觀。

班級旅行……聽起來不錯是吧，但到底好不好玩，就要視乎目的地而定。例如説，中五級班主任就選擇帶學生去長洲逛廟、游泳、燒烤和騎單車；中三級班主任則選擇去美麗的香港濕地公園看花看鳥看風景；中一級也去太平山頂野餐、遠足、照相；即使是一向喜歡偷懶的中二級班主任，也至少帶大家去大埔放放風箏。

至於中四級班主任美寶老師呢？她選擇帶大家到香港科學館去。老實説，這純粹是美寶老師的個人決定。

不知道其他人怎麼樣，但自十二歲起，倩倩就再也沒

去過科學館這個大型兒童遊樂場。先不說中四級有一半以上的同學選讀的都是文商科，即使是理科的同學們，也不會有興趣來這個專供八至十四歲小朋友學習基本科學原理的地方閒逛。

真的，中四級的同學都很喜歡美寶老師，但有時卻受不了她把大夥兒都當成是小孩子；聽說美寶老師以前是個幼稚園老師，她似乎把教小孩子的那一套方法原原本本地用在秋之楓中學中四級的同學們身上。

「同學們！我們快要到科學館啦！」美寶老師站在巴士走道上，微笑着說，「大家興不興奮呢？問個問題啦，大家知道科學館是什麼時候落成的嗎？請踴躍舉手，答對就有糖糖吃哦。」

沒一個人有勇氣把手舉起來。

「它是在1991年落成的！」美寶老師仍然笑着說，她已經很習慣被學生們澆冷水了，「科學館有什麼著名的展品，大家又知不知道呢？」

車裏的同學們流着冷汗，希望美寶老師不要心血來潮突然叫人起來回答。

「沒錯！」美寶老師自問自答地說，「科學館裏最著

名的展品，就是能量穿梭機了，它同時也是科學館裏最大的展品，它的原理，是通過幾個小球的運動，把勢能轉化為動能、聲能和……」

倩倩歎了一口氣，本來她是不想來的，事實上中四級一半以上的同學都沒來，請假的請假、裝病的裝病，甚至有一個傢伙為了不來而聲稱自己要做心臟搭橋手術……結果，最後僅用一架旅遊巴就可以把整個中四級的學生都帶上。

但倩倩卻請不了假，因為——趙均均堅持要去。我想大家都清楚趙家的規定：無論均均跑到哪兒，倩倩和婉瑩都必須跟着去。這個規定自有它的道理，眾所周知，均均是全宇宙間最頑皮的人，上一次大家讓均均獨自外出，結果是直接導致一間連鎖玩具店關門十天，而且重新開張後一段時間內仍然有股怪味兒（別問為什麼）……所以，如果均均堅持要去某個地方，那麼為了地球的和平和穩定，倩倩和婉瑩也必須緊跟着他，以應付各種可能的突發情況。

至於為什麼均均堅持要去科學館，卻是一個謎。你知道，均均的成績雖然很好，好得甚至可以和她姐姐婉瑩讀

同一個年級，但離「好學」還有一段以公里計算的距離。所以當他堅持要去科學館時，大家都認為他必有陰謀！

但現在倩倩也不管那麼多了，她只盼着這一天快點過去。

倩倩，全名叫歐陽小倩，是一個屢破奇案的大偵探。雖然從外表看，她只是一個普普通通的十七歲女孩，似乎和全港數以十萬計的中學生沒有什麼實質分別；但如果你是一個罪犯，請千萬別在她面前犯案，因為無論你的罪行掩飾得多麼巧妙，她都可以通過各種蛛絲馬跡，把你逮個正着。

不過，儘管她是一個連警方也佩服不已的神探，但倩倩深知，如果沒有朋友婉瑩和均均的話，哪怕是一宗小小的案件，她也是無法破解的。

歐陽小倩是很聰明，但另一方面，她的朋友趙婉瑩卻是個萬事通，嗯……至少在八卦新聞、時尚潮流、通俗文化方面，她無所不曉，很多案件如果缺少這方面的資訊，倩倩就破不了案；至於趙均均，他的調皮搗蛋經常會影響調查的進度，但有時他卻會因為頑皮而無意間發現什麼證物，又或者因為說出某句話而提醒了倩倩，讓她成功推理

出案件的真相。

可以這樣説，婉瑩和均均一直都通過他們自己的方式，協助倩倩破案。他們是最完美的刑偵三人組，缺一不可。

倩倩望向左邊睡得正酣的趙婉瑩——後者上車沒兩分鐘便已經睡着了，打着呼嚕仰着頭，完全沒有受到美寶老師的影響。

至於坐在自己右邊的均均呢，則正望着手上的小鏡子，不斷地整理自己的儀容，一會兒撥撥頭髮，一會兒摺摺衣領，一會兒露齒而笑，一會兒裝出嚴肅的樣子……在倩倩的印象中，均均從來沒對自己的外表這樣緊張過，他今天到底是怎麼了？

旅遊巴穿過長長的海底隧道，緩緩兜了個大圈，在幾條小街道裏穿梭了一陣，才終於來到香港科學館的主建築物旁。

香港科學館只有四層高，是一棟粉紅和藍色相間的正方形建築，它的表面沒裝幾塊玻璃，看起來整個就是密封的，讓人感覺透不過氣來；最讓人摸不着頭腦的，是那個座落在建築物頂層的圓錐形塔，像支巨型原子筆頭般對着

天空，讓人聯想起做功課和考試。到底誰是這棟建築物的設計師？這才是倩倩最想知道的。

「好啦，大家一個跟一個下車，千萬別互相推撞哦！」美寶老師照例像個幼稚園老師般說道，就差沒叫大家拉着前面同學的衣尾了。

同學們都依次下車，但貪睡的婉瑩還沒醒，倩倩叫了她好幾次，結果她仍然像個睡公主一樣，什麼反應都沒有。

沒辦法，只好出絕招了。倩倩於是把手掌擺成喇叭狀，湊到婉瑩的耳邊大聲道：「清貨大減價！開張大酬賓！本店優惠期內，化妝品全部一折，手快有手慢無……」

話還未說完，婉瑩便張開眼睛，一躍而起。

「哪裏哪裏？一折那麼便宜？」

「在那邊。」倩倩順勢指着車門，「一出車門便是。」

只見婉瑩的速度像旋風，一溜煙便下了車。相信她很快就會反應過來受騙了吧，但至少倩倩的目的已經達到了。

好不容易應付了一個，這下輪到均均了。

「均均，還不下車？」

「等等，我的髮型還沒弄好，叫我怎麼見人啊。」均均的手在頭頂撥啊撥，一臉煩惱地說，「這定型髮膠一點兒也沒有用，頭髮讓風一吹就亂了。」

「好啦，無論你怎麼弄也不會像劉德華，快點下車！」倩倩催促道。

「不能！」

「咦？你額頭上那是什麼東西？」倩倩腦筋一轉，立即改口道。

「什麼？什麼什麼東西？」均均緊張起來。

「這裏啊，」倩倩隨便指了他額頭上一個地方，「好像是顆行星級無敵大暗瘡呢！看見嗎？」

「哪裏哪裏？像行星那麼大？」均均絕望地問。

「車裏這麼暗你當然看不見，快到車外比較明亮的地方看看。」

均均一聽二話不說就衝出車門，對着鏡子尋找那顆不存在的暗瘡去了。

倩倩歎了一口氣，也跟着下了車，感覺自己彷彿就在照顧兩個小孩子。

走着走着，有人拍了拍她的肩膀，倩倩回頭一看，原來是溫學晴。

秋之楓中學開學後不久，中四級曾發生過一系列嚴重的惡作劇案件，而正是因為這些案件，讓倩倩和溫學晴成為了非常好的朋友。

在溫學晴的後面還站着兩個女孩子。個子比較小，有一張圓圓的臉的那個女孩子叫李曉培，她曾在惡作劇案件中協助倩倩查案；而另一位個子高高、有着一頭長髮的叫鄭晴，她剛剛在半個月前才從別的學校轉校過來。

「唉，浪費了美好的一天啊。」這時溫學晴無奈地說，「就算去學校後山看螞蟻打架也比來這兒強，你說對不？」

「對啊，」倩倩同意道，「聽說中六級的師兄師姐竟然到台灣旅遊呢，真讓人羨慕。」

「而我們卻來這個三歲小孩也嫌老套的鬼地方。」李曉培冷冷地說。

「噓！美寶老師會聽見的。」倩倩壓着聲音說，但她隨即又補充道，「我也知道今天這趟旅程會很悶，所以我專程帶了幾本八卦雜誌來，我們幾個女孩子可以遠遠躲在

隊伍後面，看雜誌談緋聞，簡直是一樂也。」

　　說着倩倩拍拍自己厚厚的背囊。

　　「太好了！」溫學晴高興得跳了起來，「我還以為今天會悶死在這兒呢。」

　　「不好意思，」鄭晴小聲地問道，「這個……香港科學館真的有你們所説的那麼沉悶嗎？」

　　「當然啦，」溫學晴揚着眉頭説，「試問那些科學理論，對我們的生活有什麼幫助？為什麼我們需要知道汽車引擎的運作原理呢？又或者各種維他命的不同之處？又或者恐龍在多少年之前絕種？知道這些又有什麼用……即使我不知道吸塵機的運作原理，我仍然懂得用它來清潔地板啊。」

　　「沒錯，」李曉培插嘴道，「這些科學理論就讓那些科學家來操心好了，我們可不關心；除非是超級無敵書呆子，不然誰會對這趟科學館之旅有一絲一毫的興趣……」

　　話才説一半，一把聲音喊道：「哇，這科學館之旅實在太讓人期待了。」

　　只見中四B班班長徐嘉明身穿一件印有「我愛科學」字樣的T恤，頭戴一頂「小小科學家」鴨嘴帽，左手拿着

照相機，右手拿着科學館地圖，興奮地站在隊伍前列，一臉急不及待的樣子。

大家差點忘了，徐嘉明正是這種超級無敵書呆子。

這引得四個女孩子笑成了一團。

「好吧，今天的旅程暫時還不算太糟。」倩倩想，「只希望我們不會被困在這兒太久。」

可惜事與願違，倩倩不知道的是，一宗離奇的案件將會把整個中四級的學生困在科學館的主建築之中……

第二章 新聞發布會

這時，美寶老師帶領着同學們往科學館大門走去，於是，倩倩馬上把還在尋找「一折化妝品」的婉瑩、仍然在專心照鏡子的均均拖走，跟上隊伍的腳步。

大家來到一道由縱橫交錯的支柱組成的金屬門前，停了下來。

「好啦，我們要在這兒拍張大合照，請各位同學按次序排好隊。」美寶老師拿着自己的照相機大聲指揮着，一羣人傻瓜似的按着她的指令一會兒往左移，一會兒往右移，一會兒上前，一會兒退後……

事情就這樣擾攘了一會後，相還是沒照成。突然一名保安員從科學館大門裏出來，往美寶老師走去。

「不好意思，你們是來參觀的嗎？」他問。

美寶老師點了點頭。

「不好意思，我們今天休館一天，不接受參觀。」保安員説。

聽見這個消息，大夥兒幾乎忍不住要歡呼起來了。

「怎麼會？這不可能啊。」美寶老師説，「我記得今天明明不是休館日。」

保安員笑了起來，回答道：「這個啊，今天底層大廳正在進行一項工程，一場記者招待會也會在那兒舉行，所以要閉館。」

「可是……」美寶老師從衣袋裏拿出一張紙，笑着説，「我們在兩個月前就已經作出了申請。這是館方給我的申請回條，上面寫着批准我們在今天上午十時到下午二時於科學館進行參觀遊覽，不然我們也不會到這兒來啊。」

保安員拿着申請回條看了又看，露出為難的表情。

「這就奇怪了。」想了好一會，他終於道，「請等一等，我去問問館長。」

只見保安員回到售票處，撥了個電話，談了不到兩分鐘便回來了。

「館長會親自下來。」丟下這句話後，他便回到了自己的崗位上。

不一會兒館長出現了。

在倩倩的想像中，館長肯定是個白髮蒼蒼的老人，

戴着老花眼鏡，身穿實驗室用的白袍，樣子就像一個大學教授……但出乎她的意料，科學館館長只是一個五十歲左右、衣着隨便的中年人，看起來和一般公司文員沒有什麼大分別。

「你好，我是許館長，請問我能幫你什麼？」他問道。

於是美寶老師把情況又告訴了他一遍。許館長聽後便回答道：「遇上這種事我很抱歉，因為休館的事剛在幾天前才決定，而我們的職員肯定忘記把休館的事情通知你，所以才會造成這次誤會。」

「那我們該怎麼辦？」美寶老師有點擔心地問，「我們都已經來到大門口了，現在折返的話，實在是太可惜了。我的學生都很期待這次科學館之旅哩！大家說對不對？」

「是啊是啊。」只有徐嘉明大點其頭。

「這個……」館長想了一會兒，才道，「好吧，我批准你們進去參觀。」

人羣中傳來一陣歎息聲。

「真是太謝謝你了。」美寶老師說。

「沒什麼。因為工程關係，我們需要封閉部分的展品，為免影響參觀人士的遊覽體驗，所以才會決定閉館。只要你們不介意有些展品不能看，進入參觀也無妨。嘿，如果你們有興趣的話，甚至可以去旁聽那個新聞發布會哩！」

「那到底是什麼新聞發布會？」這倒引起了均均的興趣，他連忙舉手問道。

「你們不知道嗎？」許館長說，「我們要把二十多年前落成時埋在科學館地底的時間囊挖出來。」

「時間囊？那到底是什麼東東。」有人插嘴道。

「哎？這個我知道。」班長徐嘉明手舞足蹈地解釋，「時間囊就是一個裝有各種物品和信息的堅固箱子，人們把它埋在地底，幾十年後再挖出來，那麼未來的人就可以通過箱子裏保存的東西來了解過去。甚至可以說，時間囊就是一台簡單的時光機。」

「說得對，」館長讚道，「時間囊的作用，主要是把一些有紀念價值的東西保存下來，供後人研究。時間囊即使埋在地下幾十年，裏面的東西也不會受到破壞，有些時間囊甚至可以保存幾百年以上呢。」

26

「咦？可是這時間囊才埋在地底二十多年，為什麼那麼快就要挖出來？」均均奇怪地問。

「這個啊……」許館長說，「你們沒看新聞嗎？著名企業家陳翁在上個星期因病去世了。」

同學們都奇怪地互相對望着。

當然，他們都知道陳翁是誰。陳偉業，人稱陳翁，是跨國企業「偉業集團」的總裁。他的集團業務涉及各個領域，擁有眾多著名品牌，曾被多份雜誌評為香港十大企業之一；而陳翁本身也是一位著名的科學家，擁有多項先進發明的專利，在香港的物理學界中擁有非常高的地位。由於他不但是一個精明的生意人，還是一個出色的科學家，因此在數十年的努力下，他自然也成為了香港數一數二的大富豪。在陳翁九十歲時，他的資產已經達到數百億，排進了香港的十大富豪榜。

但這麼一個了不起的人，也無法與病魔抗衡，他在幾天前因為心臟病發而去世了。

這當然是一件無人不曉的大事。但這件事和科學館的時間囊又有什麼關係呢？許館長的話，讓大家都聽得莫名其妙。

看見大家的表情，許館長連忙解釋。

「這件事可能大家都不知道吧，」他說，「陳翁生前所立的唯一一份遺囑，就存放在我們科學館的時間囊裏！」

第三章　企業家的遺囑

在科學館地下B層的展覽廳裏，工作人員們正在忙碌地布置着現場。

偉業集團的副總裁——林政禮，站在剛搭好的講台下大聲指揮着。

「往左一點，不不不，是我的左邊。」他沒好氣地喊道，把負責張貼海報的職員嚇得直哆嗦，「你這個笨蛋，信不信我炒了你！」

在一般的情況下，作為企業的副總裁，是無論如何也不需要親自督促現場布置的。但這次招待會實在是太重要了，絕對不容有失——一個半小時後，在眾多記者的鏡頭下，他將會正式成為企業家陳偉業的遺產繼承人。

這份遺產到底有多少億，他恐怕一時三刻也數不完，毫無疑問，一旦放在時間囊裏的遺囑生效，他將會成為世界上最富有的人之一。為了這一天，他已經等待了二十多年。

等了這麼久，這老傢伙終於死掉了，他惡毒地想。這

幾十年來，自己一直在努力奉迎這老傢伙，拍他的馬屁，擦他的鞋，這一切總算值得。

一直以來，他都擔心陳翁會對女兒回心轉意，訂立一份新的遺囑，但幸好陳翁並沒有這樣做。從當年的創業合夥人，到後來的企業副總裁，林政禮一直都是陳翁私底下最信任的助手，但他做夢也沒想過，陳翁竟然會肯立下遺囑，把一切財產都留給他這個毫無血緣關係的人。

林政禮不禁想起二十多年前的那個早上。

那一年，這間位於尖沙咀的香港科學館才剛剛建成。在科學館建設期間，作為一個科學家和企業家，陳翁無論在專業知識上還是投資上都幫了不少忙，因此在科學館的落成典禮上，陳翁自然也是貴賓之一。

林政禮記得，那天陳翁來得特別遲，當他從自己的豪華轎車裏踏出來時，臉上卻充滿了隱藏不住的憤怒。

這把跑上前迎接的林政禮嚇了一跳，一時之間他還以為自己虧空公款的事被陳翁知道了，半天都不敢說出半句話。

「陳總，到底……」最後他終於鼓起勇氣問道，「到底發生什麼事了？」

陳翁一眼也沒有望他，只是把拐杖重重一敲。

「我沒有這樣一個女兒。」丟下這麼一句沒頭沒腦的話後，他便一聲不響地往貴賓席走去。

終於，通過轎車司機的轉述，林政禮才知道了原委。

還是那種老套的故事，有錢富豪的千金喜歡上了窮小子，和父親鬧翻了，寧可過有骨氣的窮生活，也不願做金籠子裏的金絲雀……

而就在這一刻，林政禮突然意識到自己的機會來了，一個誘人的主意從他的腦袋裏蹦了出來——他要說服陳翁把錢全都留給自己！

陳偉業自小父母雙亡，連一個親人也沒有。當他成功賺到第一桶金後，娶了一個賢良的好妻子，並得到了一個女兒，這才有了一個家，有了自己的親人，開始過起了幸福日子來。可惜後來他的妻子因病去世，這讓他的性情大變，他拚命工作以麻醉自己，無意間也把自己的女兒冷落一旁。

自此他和自己的女兒一直都矛盾不斷，現在甚至脫離了父女關係。

也就是說，現在他又回復從前的光景，連一個親人也

沒有了。林政禮心裏暗忖，他的龐大家產會由誰來繼承？最有可能是那個從年輕時就和他一起打拼的人了。

一直以來，林政禮都在通過明示暗示的方式，希望陳翁把部分遺產留給自己，以「感謝」自己的「相助之恩」；現在陳翁連女兒也沒有了，林政禮自然也不用顧忌什麼了。於是在那天儀式舉行途中，他便壯着膽子，直接向陳翁提議，請他訂立一份遺囑，把所有的遺產留給自己。

出乎林政禮的意料之外，陳翁竟然同意了！

二十多年後的這一刻，林政禮實在想不通當年自己為什麼竟然會有如此膽量，請求陳翁把一切留給他；而同樣讓他想不通的是，陳翁在他再三請求下，竟然真的答應了，並當即簽下一份遺囑，保存在時間囊裏。

這是陳翁生前所立下的唯一一份遺囑，儘管沒有律師見證，儘管沒有留下複印本，卻完全具有法律效力；陳偉業，這個當時就已經擁有億萬家產的企業家，聲明在他死後，把一切財產都留給他的合夥人兼得力助手——林政禮。

林政禮不敢相信他竟然真的把一切都留給自己……

32

林政禮想，陳翁會這樣做，一來當然是因為女兒的事帶來的失望和震驚，二來也是因為他相信林政禮，相信他會用這些錢來把公司好好地管理下去。

會用來管理公司才怪，林政禮暗想。

他之所以會肯做陳翁的合夥人，他之所以肯做一個唯唯諾諾的助手，還不是為了自己的利益；這些年來，他盜用了公司多少錢，他從公司的生意來往中收取了多少回佣，那些事情要是讓陳翁知道，肯定得活活氣死。

而通過這份遺囑，他所賺到的，比以前中飽私囊的錢要多不知多少倍！

當他得到這些錢後，他才不會管什麼生意。就算公司倒了，他也不會關心。

想到這兒，林政禮不禁滿意地笑起來。

「喂，老林。」一把聲音説。

敢於如此隨便地稱呼副總裁的，當然不是什麼普通人，只見一個四十歲不到的人，踱着步悠悠然來到林政禮跟前。他就是偉業集團的總經理——劉喜雲。

「什麼事？」副總裁沒好氣地問。

「各傳媒記者已經到了現場，他們想先採訪一下。」

劉喜雲用拇指指了指背後，「我想你應該去露露臉。」

「我現在沒空，隨便找個人去應付就好了。」

「但他們想採訪的是你啊，」劉喜雲笑着做了個鬼臉，「副總裁，畢竟你是這次新聞發布會的主角，為了本企業的形象，我認為你或許、應該……」

「哼！不用你來教導我。」林政禮怒道，在陳翁未去世之前，他就已經對這個沒大沒小的劉喜雲感到厭煩，甚至多次藉詞想把他解僱掉。但作為一個總經理，劉喜雲卻非常盡責，不但把公司管理得井井有條，而且對下屬也很好，得到了很多基層員工的愛戴。林政禮幾次想趕走他的陰謀，最後都以陳偉業反對告終。

當他正式繼承偉業集團後，林政禮心想，他要做的第一件事，就是把這個眼中釘除掉。

「就是説幾句話而已，去做個樣子也好啊，」面對副總裁的怒氣，劉喜雲若無其事地説，「這裏的布置嘛，由我來安排就好了，不用副總裁你操心。」

林政禮剛想拒絕，但他轉念一想，畢竟自己是以副總裁的名義來接受這筆遺產的，所以最好不要為自己繼承者的正當身分添麻煩。在鏡頭前裝一會兒笑臉吧，只要錢一

到手，他就可以把公司啊記者啊什麼的一腳踢開，過上自己的好日子了。

所以他瞪了劉喜雲一眼後，便大踏步往記者聚集的地方走去。

一看見林政禮走近，記者們便爭先恐後地把咪高伸向他，閃光燈也絡繹不絕地閃動着。

「林先生，請問你今天的心情怎麼樣？」

「林先生，請問你對偉業集團的未來有什麼計劃？」

「請問你接受了陳翁的遺產後，首先會做些什麼呢？」

「陳翁過世前有沒有對你説過什麼遺言？」

「陳翁過世後，偉業集團的股票下跌了十個百分點，你有何想法？」

「請問林先生……」

只見林政禮高舉雙手，擠出一抹笑容，喊道：「請各位傳媒朋友冷靜，一個一個問。」

「我是香港日報記者，」一個記者首先喊道，「對於陳翁把你選為他的繼承人，坊間一直都有各種各樣的傳聞，請問林先生，他為什麼會這樣做？」

「這個啊……當然是因為我是他最信任的人。」林政禮笑道，「想當年陳翁年輕時已經是個極有冒險精神的投資者，他勇敢地把辛苦賺來的錢投資出去，賺取了利潤後，又全部投資出去，結果最後又把幾倍的錢賺回來；直至有一次他的投資出現了問題，需要緊急籌集幾十萬元的資金，不然之前的投資就全賠了，就在他到處求助無門的時候，是我幫了他一把，把錢借給他，結果他的投資成功了，而我也成了他的合夥人。不是我吹牛，如果沒有我的話，也就沒有今天的偉業集團！所以他會把全部遺產都留給我，是很自然的事。」

接着記者們又紛紛搶着提問。

「我是都市電視新聞部記者。」一個人喊道，「林先生你好，眾所周知，陳翁的妻子很早就過世了，而他的女兒則因為一些矛盾而和他脫離了父女關係。但據我們的調查，他們父女雖然鬧翻了，但脫離父女關係一事只是名義上的，並沒有法律上的手續。你認為陳翁的女兒會來追討這份遺產嗎？」

林政禮冷冷地笑了笑。

「保存在時間囊裏的遺囑具有法律效力。」他說，「無論她是不是他的女兒，遺囑裏都已經列明，一切遺產由我來繼承。何況，我聽說陳翁的女兒在十多年前也因病去世了，所以也不存在追討的問題。」

「但是……」

「夠了，」林政禮不客氣地打斷了記者的話，「可以不再談他的女兒嗎？還有沒有其他問題？」

一個皮膚黝黑的人舉起了手。

「請提問，」林政禮指了指他，「呃，你是……」

「我是聯合報的記者，」男人頓了頓，嚴肅地問道，「據我所知，陳翁是在二十多年前科學館落成時立下遺囑的，而陳翁和他女兒也是在那天脫離了父女關係。請問林

先生，這是否説明陳翁之所以立遺囑，只是因為一時的氣憤？」

「這……」林政禮聽後皺起了眉頭，「這算什麼問題？我是不會回答的。」

「另外，林先生。」那男人仍然窮追不捨地問，「當年你是否利用了陳翁和女兒的矛盾，來説服他立遺囑把錢留給你？在法律上，那屬於『施加不恰當的影響力』，有可能會削弱遺囑的正當性。林先生，對此你有何看法？」

聽到這裏，林政禮已經氣得臉都綠了。

他狠狠地盯着面前這個記者。對方是一個矮小的男人，穿着黑色T恤和牛仔褲，還套了一件記者常用的淺色夾克。當林政禮望向他時，男人也不甘示弱地瞪着眼睛。

「你好大的膽子，你到底想暗示什麼？你想説我得到的是不義之財？這絕對是對我人格的侮辱！」林政禮終於喊道。

男人並沒有被嚇倒，冷靜地繼續問道：「坊間傳聞，在你的管理下，偉業集團的帳目一直都存在各種問題，不少人甚至懷疑其中有侵吞公款、中飽私囊的事情發生。而有人認為你應對此負上最大責任，林先生，你認為……」

「閉嘴！」林政禮大喊，「信不信我找律師告你誹謗？你這是在搗亂……保安！保安！快把這個人帶走！」

引來一陣騷動，記者們都紛紛議論起來。

幾個保安員聞聲趕到，但一時之間弄不清楚情況，也只好呆呆地站在一旁。

「我自己能走，不用你來趕！」男人冷冷地說。然後他離開其他同行，逕直往外走去。

接着記者們又紛紛湧向林政禮。

「林先生，請問你對剛才那位記者的話有何看法？」

「林先生，坊間傳聞你盜用公款，對此你有什麼回應？」

「請問林先生……」

林政禮並沒有理會他們。他一直都望着那個男人的背影。

他到底是什麼人？林政禮心想。他到底有什麼目的？這個男人好眼熟，他以前是不是在什麼地方見過他？

第四章　鄭晴與均均

　　男人氣呼呼地大步離開，走出採訪現場範圍後不久，他便迎面碰上了一羣來科學館參觀的中學生。

　　男人於是閃到一旁，讓這隊由老師帶領的隊伍先行。他把照相機小心翼翼地放回攝影工具袋裏，把錄音筆和筆記本放回口袋；這時，他的心情才總算平復了一些，剛才面對那個可惡的人，他感覺自己就要失控了。

　　這可不是一個新聞記者應有的行為啊，他苦笑着想。

　　當他正想掏出水來喝的時候，一把驚喜的聲音從他對面傳來。

　　「爸爸？」那把聲音説，「爸爸！真的是你！」

　　只見一個小女孩從參觀隊伍中跑了出來，小跑着迎向他。

　　「小晴？」男人喊道，「你怎麼會在這兒？」

　　鄭晴跑到父親面前，高興地説：「這句話應該由我來問才對，爸爸，你為什麼會在這裏？」

　　「我？我是個記者，當然是來採訪啦，這裏有個新聞

40

發布會正在舉行。」那個男人笑道，「你呢？你不是要上學嗎？」

「爸！今天是班級旅行，我們來科學館參觀嘛。」鄭晴不太高興地説，「你肯定是忘記了，我昨天才告訴過你呢！」

「我可能沒有注意你説的話……」男人有點不好意思地説，「無論如何，很高興在這裏碰到你，你快回班裏去吧，盡情玩，但記着要小心點兒哦。」

「知道了！」鄭晴頓了一頓，才説，「爸爸，今天晚上你回家吃飯好嗎？我會煮我拿手的蝦仁炒蛋呢。」

那男人想了想，最後還是歉意地搖了搖頭。

「對不起，小晴。」他躲開了女兒的視線，「爸爸今天要加班，還有很多稿未寫呢。何況晚上我還要去採訪另一場會議，我在外面吃飯就可以了。」

鄭晴聽後輕輕地歎了一口氣，聲音很小，但還是讓她父親聽見了。

「好吧，」她説，「但我還會煲湯，我留一碗你晚上喝好嗎？」

「好的。」他摸摸女兒的頭，「一個人在家要乖哦，

41

不用等我了，我可能要凌晨一兩點才回來。」

「嗯。」輕聲回答後，鄭晴便頭也不回地跑掉了，連一聲再見也沒有講。

男人望着女兒遠去的背影，長長地舒了一口氣。

如果給他這個父親評分的話，恐怕成績肯定是不合格吧。

作為一個記者，他總是早出晚歸，往往在女兒睡醒前就上班了，在女兒睡着後才回家。忙起來的時候，他甚至整個星期一至五都無法看見女兒一面。即使是星期六日，他也經常加班；就算在家，他也總是在寫稿。

他上一次和女兒聊天是在什麼時候？他竟然完全想不起來。

他真生怕有一天，女兒連他的樣子都不記得了。

但他又有什麼辦法呢？他必須努力工作、賺錢養家，還有償還那好像永遠還不完的債。十幾年前妻子診斷出患有肺癌，明知這是絕症，但深愛妻子的他，還是在財務公司借了一大筆錢，送她去國外找最好的醫生醫治。妻子最終難敵病魔去世，留下一個未滿周歲的女兒，還有一筆天文數字的債務。十幾年了，他白天上班，晚上給雜誌寫

稿，掙下的錢除了還債之外已所剩無幾，僅能讓自己和女兒維持溫飽。平時什麼東西都不敢買，能省就省。偶爾買一兩件新衣服，就已經是非常奢侈的事情。

錢！就是因為錢！他忿忿地想。

不是因為錢的話，他也不用整天工作，把女兒一個人丟在家裏。

他真希望自己能富有一點——並非為了自己，而是為了他的女兒。

一定有什麼辦法……他心想。

本來想就此離開，因為實在不想再看見林政禮那副臉孔，但想想等會還得寫有關時間囊的啟封報道，只好又轉回會場。

「嗨！趙均均！真的是你。」鄭晴喊道。

當均均被鄭晴逮着的時候，他正偷偷地躲在角落裏照鏡子，努力把一撮總是掉下來的頭髮固定在原位。

當他聞聲抬起頭來，想看看是誰在叫自己時，他卻突然怔住了。

「啊！你……你好啊，鄭晴。」均均手忙腳亂地把鏡子藏在背後。而讓均均灰心的是，他一動，頭上那一撮頭

髮便又掉了下來，垂到額頭上。

　　「大夥兒到底到哪裏去了？」鄭晴笑道，在均均面前停下，「我剛才看見我爸爸了，他是個記者，我和他談了一會，剛回頭就跟不上大隊了。他們走得真快啊！老師和同學們到底在哪兒？你知道嗎？」

　　只見均均緊張極了，默不作聲，好不容易才輕輕地搖了搖頭。

　　「你也不知道？那你到底在這兒幹什麼啊？」

均均還是搖了搖頭。他並非不想回答鄭晴的問題，而是因為他的舌頭在這種情況下已經打了結，想說也說不出來。

他完全慌了。當一個男孩看見自己喜歡的女孩子時，往往就是這樣子的了；就連一向能言善辯、風趣幽默的均均也不例外。

「呃……你不想說就算了。」鄭晴有點無奈地看着他，「我想大家應該不會走遠吧，我們到那邊找找看好嗎？」

均均像塊木頭般點了點頭。

然後，他便規規矩矩地跟在鄭晴背後，尋找美寶老師和同學們。

這一刻均均實在太討厭自己了，因為在剛才那個關鍵時刻，他竟然一句話也說不出，表現得像個大傻瓜；不過過了一會，他又高興起來，因為他突然意識到，自己竟然和喜歡的女孩單獨走在一起。

這真是太浪漫了……

可惜走不了幾步，這種浪漫氣氛便被破壞了。

「嘿，原來你們在這兒。」倩倩喊道。

只見倩倩和婉瑩兩個大電燈泡迎面走了過來。

「哎，你們到底走到哪兒去啦？」鄭晴高興地向兩人招手，「美寶老師呢？其他同學又在哪兒？」

「唉，別提了。」婉瑩翻了翻眼睛，「美寶老師把我們一人帶到了兒童天地區，打算讓我們坐在小學生才坐得下的凳子上，用變形泥膠砌小狗小貓呢⋯⋯」

「不會吧？」鄭晴不禁大笑了起來。

「沒開玩笑，」倩倩説，「想像一下，一羣中學生坐在小桌子旁，認真地做手工，那可不是什麼值得誇耀的事。結果同學們都紛紛作鳥獸散，有的裝作肚子痛、有的裝作接聽電話、有的裝作零錢掉了⋯⋯反正轉眼間就幾乎全跑光了。於是美寶老師只好苦笑着讓大家自由活動，待午飯時才在大門集合。」

「這麼説，我們現在可以到處逛逛了，對吧。」鄭晴説着轉向均均，「那麼我們接下來去什麼地方好呢？」

聽見她向自己發問，均均嚇了一跳，醞釀半天，還是半個字也吐不出來。

倩倩看見均均這刻滿臉通紅的樣子，似乎突然想到了什麼。

嘿，我怎麼會這麼笨！倩倩心想。這不是很明顯嗎？

虧我還是個偵探呢。

她終於知道均均的行為為什麼如此古怪了。

一向不好學的他堅持要參加這次科學館之行，無論如何都不肯請假；一向隨隨便便的他突然對自己的外貌注重起來，整個早上都在照鏡子；一向健談的他現在竟然半句話也説不出來，完全沒有平時那股神氣勁兒。

這小子是喜歡上某個女孩子了。

那怪不得他堅持要來這兒，是因為鄭晴也在參加之列吧……

此刻鄭晴仍然在等待均均回答，但他卻緊張得什麼都説不出，尷尬極了。

「我要去廁所！」丟下這麼一句話後，均均便連滾帶跑地逃離了現場。

只見婉瑩和鄭晴都覺得莫名其妙。

「老實説，這……均均是不是有點兒討厭我？」鄭晴奇怪地問兩人，「我問他什麼他都不吱聲，彷彿很害怕我似的。」

事實剛好相反呢，倩倩心想。但她嘴上卻什麼都沒有説。

47

第五章　時間囊風波

新聞發布會準時在早上十一時正舉行。

科學館地下B層，以往是展覽廳的地方，現在搭建了一個臨時的講台；講台下擺放着一排排的椅子，坐滿了來自各個社會界別的貴賓。兩旁站着許多新聞記者，他們都把咪高峯、鏡頭和閃光燈對準了講台上的人。

而林政禮正微笑着站在講台上，發表着長篇大論的演講。剛才接受採訪時所發生的不愉快事件，已經被他忘記得一乾二淨——此刻他無法隱藏自己的喜悅之情，想到再過幾分鐘，自己就會成為一個億萬富豪，他簡直高興得得意忘形了。所以他連講話的聲音也高了好幾度。

「……就因為這樣，按照他的意願，我將誠心接受他的遺產，並全心全意管理好偉業集團，絕不辜負陳翁的一番好意。儘管他已逝去，但我仍然感到他彷彿就在我的身邊，提點着我、教導着我，為我前進的道路指明了方向……」

倩倩聽到這裏大大地打了個呵欠。

「這傢伙到底還要說多久啊？」婉瑩也不耐煩地嘀咕道，「簡直是個長氣鬼，他已經東拉西扯了十多分鐘啦。我們要不要離開這兒？」

倩倩、婉瑩和鄭晴此時正站在展覽廳的角落裏。在均均跑開後，三人便一致決定到這個新聞發布會來湊湊熱鬧——科學館的其他設施可以以後再看，但這場新聞發布卻只會舉辦一次，難得有這樣的機會，自然應該來開開眼界。

不過她們很快就後悔了，發布會舉行十多分鐘了，只有一個中年發福的什麼副總裁在台上不着邊際地扯淡，讓人昏昏欲睡。

「再忍耐一會兒吧，」鄭晴說，「我也想看看那個時間囊啊。」

事實上，鄭晴對那個什麼時間囊可一點興趣也沒有，她只是想趁這個機會看看她的父親。只見她父親就蹲在記者堆中，專心致志地照着相；鄭晴好幾次向他揮手，他似乎都沒有看見，這讓她感到有點兒失望。

他總是那麼忙，連看我一眼的時間也沒有，她這樣想道。

這時，林政禮副總裁的話已經到了尾聲。

「……謹此，我代表偉業集團，感謝許館長在這件事上的鼎力相助。謝謝！現在我把時間交回給許館長。」

林政禮説着往後退了幾步，離開講台的位置。只見一直站在旁邊的許館長客氣地點了點頭，便走了上去。

倩倩突然發現，許館長似乎有點悶悶不樂的樣子。剛才在科學館大門前，他看上去心情還挺不錯，現在卻沉下臉來。

一刻鐘前，透過消息靈通的婉瑩，倩倩才了解到整件事情的來龍去脈。陳翁和他唯一的女兒脱離了父女關係，而他的合夥人兼助手林政禮，也趁這個機會乘虛而入，説服陳翁把他指定為唯一的財產繼承人。而在遺囑埋進地底後的二十多年裏，陳翁都沒有立過新的遺囑，於是所有的錢現在都屬於林政禮的了。

一方面，陳翁的做法沒有什麼可以指責的，他的確有權指定自己的財產繼承人，而作為他一直以來生意上的伙伴，林政禮也是最適合不過了；但另一方面，林政禮可以説把本來屬於陳家的財產都奪走了，這對陳翁的女兒並不公平。

不過，聽說陳翁的女兒早就因病去世了。所以這又有什麼問題呢？

倩倩想，問題在於林政禮有資格接受這份遺產嗎？看着台上那個不懷好意地竊笑的副總裁，倩倩的心裏沒底。如果他是一個壞人，而他又得到了這筆驚天巨款，天知道他會幹出什麼可怕的事來……

倩倩相信許館長也有同樣的想法吧，所以才會露出那種表情來。

但這一切都無法改變了，她心想，再過一會兒，林政禮就得償所願了。

「現在我宣布，香港科學館時間囊開啟儀式正式開始！」許館長説。

在展覽廳中央，本來放着一副巨型恐龍骸骨的複製品，現在被移到了一邊去，被一系列的重型機械所代替；而在本來是地板的位置，則被鑿出了一個兩平方米大、五米深的大洞。

早在幾小時前，操作人員就已經用起重機把時間囊從洞裏吊了出來。此刻，時間囊正靜靜地躺在洞口旁，等待着被人打開。

乍一看，時間囊就像街上寄信用的大郵箱，但不同的是，它是銀灰色的，而且表面釘滿了無數鉚釘，顯得非常堅固；雖然它渾身都沾滿了泥土，但人們仍然能清楚看見時間囊上所刻的文字——「時間囊　1991年」。

館長一聲令下，兩名強壯的工作人員立即走向時間囊，一人抓着一邊，吃力地把它抬到了講台上。

兩人把時間囊放下後，許館長便從口袋中掏出一把大鑰匙，交給林政禮。

林政禮點了點頭，走上前去，在眾人的注視下，鄭重地把鑰匙插進了時間囊正面的鑰匙孔內，然後轉動了一下。

隨着「啪」的一聲，在緩沖裝置的控制下，時間囊的蓋子自動揭開了，緩緩地上升到一半左右，才停了下來。

時間囊看起來很大，但其實內部的空間很小，僅僅放得下幾疊文件、幾個小型雕塑和幾盒收錄着音樂的卡式錄音帶。這些東西擺放的位置，和林政禮記憶中的一模一樣，至於遺囑放在哪兒，他當然也記得一清二楚；因為，當年正是他親自把遺囑放進時間囊裏的，他又怎麼可能會忘記？

東西就放在左上角那疊文件的最下方。

於是他俯身尋找起來。

身處現場的每一個人，都預料林政禮很快就會找到那份他夢寐以求的遺囑，回到講台前，興高采烈地大聲宣讀上面的內容……

但幾分鐘過去了，林政禮仍然沒把頭抬起來。

大家都感到很奇怪。

就在這時，大家都清楚地聽見了林政禮的說話聲——一個輕巧的微型咪高峯從發布會開始，就一直夾在林政禮的衣領上，因此連他近乎耳語的呢喃聲，也被咪高峯接收到，並從揚聲器裏清晰地播放出來。

「不可能！」這就是林政禮所說的話。

大家都被他語氣中的絕望驚呆了。

過了好一會，揚聲器中才再次傳來林政禮的聲音。

「不可能！不可能！」他的聲音已經由低語變成怒吼。接下來依次是他的咒罵聲、用力翻動紙張的聲音、東西互相碰撞的聲音……最後是「砰」的一聲。

大家定眼一看，只見林政禮已經雙腿一軟，無力地跪倒在地上。他一臉慘白，冷汗直冒，雙手緊緊地扯着自己

的頭髮。

「林先生，怎……怎麼了？」這可把許館長嚇着了，連忙問道。

「沒……沒有了。」林政禮用顫抖的右手指着時間囊，語帶哭音地說，「那份遺囑，那份陳翁留下的遺囑，不……不見了！」

許館長立即衝到時間囊前，胡亂翻動着；本來坐在台下的總經理劉喜雲，也一躍而起，衝到台上去；而林政禮則像個傻子般，木無表情地望着膝下的地板。

這下現場馬上爆出很大的回響，坐在貴賓席上的人紛紛站了起來，而記者們的閃光燈則此起彼落地閃個不停……

不知道多久以後，許館長才停止了搜索。

帶着難以置信的表情，他走到講台前，過了半晌，才說出一句話。

「各位嘉賓，各位記者朋友，我們這裏剛剛發生了一件不可思議的事情。本來一直安放在時間囊裏，那份陳翁所留下的遺囑……」他頓了頓，「似乎完全失去了蹤影。」

第六章　胡督察駕到

接下來所發生的事情有多混亂，就不用提了。

找保安員去報警後，許館長好不容易才把展覽廳的場面控制下來，並向大家作出了聲明：在警方趕到前，任何人都不可以踏出科學館半步。

儘管離開不了，但記者們已經通過電話、短信、互聯網等方式，向所屬的報社發布這條轟動的消息，相信不到一個小時，陳翁遺囑失蹤一事就會被全港市民所知悉。

警方在十多分鐘後抵達現場。

當胡督察下了車後，他並沒有使用更方便的自動扶手電梯，而是一步兩級地走上樓梯，到達香港科學館的大門前；他決定要多做一點運動，因為升任高級督察後，他便長期坐在辦公室裏研究案情，這讓他發福了不少，他希望自己能在年底前至少減去十磅。

「長官。」一個下屬看見他，便敬了個禮。

「情況如何？」胡督察問道。

「我們已經把所有的出口都封鎖住了，許館長在地下

展覽廳的休息室裏，他想見你。」

「待會兒吧，我想先弄清楚狀況，讓我們一邊走一邊談吧。」胡督察笑道，「是一份遺囑失蹤了嗎？」

「沒錯，遺囑裝在所謂的時間囊裏，今天早上才剛從五米深的地底裏挖出來。新聞發布會開始後，人們把它搬到了講台上，在眾目睽睽下打開，結果本來放在裏面的遺囑卻不見了。」

「確定嗎？」胡督察問。這時他們穿過一道閘，進入了科學館展館範圍內。

「在他們報警後，又找了一次。裏面有一些建館時存下的文件，一些小學生繪畫比賽的得獎作品，一些老音樂卡式錄音帶，除此之外什麼都沒有。」

「是嗎？」胡督察思考了一會兒，才說，「聽說那是大富豪陳翁的遺囑？」

「嗯，遺囑把陳翁的助手林政禮指定為財產繼承人。發現遺囑消失後，林政禮受到了很大的打擊，現在躺在展覽廳的休息室裏。」

「我也聽說過這個人。」胡督察頓了一頓，「這話我只會對你說……關於遺囑，我一點兒也不會替這個傢伙感

到可憐，他可以說是應有此報。」

「我也是這樣想，長官。」

「不過，這不代表我們就不用去找那份遺囑，我們始終得把那個偷遺囑的人揪出來——如果真的有這個人的話。」

「我不明白你的意思，長官。」

「我在想，或許根本就沒有人把遺囑偷走？或許那份遺囑本來就不在那個時間囊裏？或許當初陳翁根本就沒有把它放進去？」

「不是這樣的，長官。」胡督察的下屬照實回答道，「遺囑是由林政禮親自放在時間囊裏的，而且當年整個過程都有很多攝影記者見證，不會有錯。」

「原來是這樣。」胡督察說，「那麼在時間囊挖掘出來後，到新聞發布會開始期間，有人接近過時間囊嗎？」

他的下屬掏出一本筆記本看了看，說：「據有關人員的說法，時間囊發掘出來後，一直都由專門的保安員把守着，不讓陌生人接近，而即使有人想打開它也毫無辦法——時間囊是上了鎖的，只有許館長才有鑰匙。」

聽到這裏，胡督察皺起了眉頭。但沒過一會兒，他又

笑了起來。

「長官，你在笑什麼？」

「沒什麼，」胡督察搖了搖頭，「只是這件怪案子讓我聯想起一個人來；凡是撲朔迷離的案件，總是會找上她。我在想，她今天會不會剛好在現場……」

話音未落，一把熟悉的聲音便從胡督察附近傳來。

「還真的被你說中了，」倩倩說，「歐陽小倩在此，聽你差遣。」

只見胡督察驚訝得張大了口，要知道剛才他只是開玩笑，想不到倩倩果然就在現場。

「我也說得太準了吧，」胡督察大笑着說，「這期的六合彩我可買定了。」

「說起來，真的很久不見了。」倩倩笑道。

「是很久了。」胡督察說，「老實說，能在這兒看見你這個名偵探，我感覺案件已經解決了一半啦。」

他的下屬看見這情況，一時之間搞不清楚發生了什麼事。像胡督察這樣位高權重的人，為什麼會如此抬舉這個十多歲的女孩子？

事實上，胡督察和倩倩已經是老相識了。過去很多

讓胡督察頭痛的怪案子，在倩倩的協助下，才得以成功解決；胡督察曾經說過，十個警探，也抵不上一個歐陽小倩。這話可絕對不是奉承。

胡督察找了個理由，把他的下屬打發走了——胡督察現在很想和倩倩討論一下案情，但作為一個高級督察，他本來是絕對不可以讓普通市民介入警方工作的。因此他才會讓不知就裏的下屬離開，以免他為難。

「你怎麼會在這兒？」胡督察問道，「我可不知道你對科學這麼感興趣。」

「才不是，今天是學校旅行日，老師帶整個中四級的學生來這兒參觀。」

「學校旅行來科學館玩會不會有點兒……」

「這個就不要提了。」倩倩無奈地聳了聳肩。

「你見證了整件事情的發生嗎？」胡督察問道。

「是的，但也可以說不是。」倩倩回答，「從新聞發布會開始，到遺囑被發現失蹤時，我的確就在附近呆着；但聽說工作人員在很早的時候就已經把時間囊挖了出來，而從那時到新聞發布會舉行之前，我並不在場。」

「你認為遺囑是在那段時間裏被偷的？」

「不知道。」倩倩承認道，「而且也不能排除遺囑在箱子被挖出來以前就已經被偷的可能性。」

「那……可能嗎？時間囊可是被埋在五米深的地底裏呢，誰那麼神通廣大能隔空取物？」胡督察笑道。

「也並非完全不可能。」倩倩也笑了。

「關於時間囊的技術細節，我們可以問問許館長。」胡督察説，「我聽説他就是時間囊的設計者。」

「好，我們待會去問問他吧。」倩倩想了想便説，「你對這案件有何看法？」

胡督察思考了半分鐘，才道：「嗯，想知道遺囑是如何被偷的，這在目前來説資料不足，無從推斷。但我們可以從另一個角度來思考──遺囑失蹤，對誰有好處呢？」

「這個啊，」倩倩説，「陳翁在生前只立過這麼一份遺囑，如果這份遺囑沒有了，那麼就會按無遺囑處理。根據無遺囑者遺產條例第四段，陳翁的遺產將會由他的直系親屬所繼承。」

「但他舉目無親，連他唯一的女兒也不在了。」胡督察説。

「她的女兒不是有個丈夫嗎？」倩倩提醒道。

「是啊，但他不是直系親屬，所以沒有繼承權⋯⋯」

「我知道，」倩倩說，「但他們有留下任何子女嗎？」

聽到這兒，胡督察呆住了。

「我竟然沒有想到這一點，」他慢慢地說，「我不知道⋯⋯的確，他們的子女屬於直系血親，也是有繼承權的。但他們有子女嗎？」

「這就需要你去負責查證了。」倩倩笑道。

「明白了，我立即去辦。」胡督察認真地點了點頭，彷彿倩倩就是他的上司。

「接下來警方打算怎麼搜索遺囑？」倩倩接着問。

「所有人都會被集中在地下展覽館，由男警或女警逐個搜身，然後進行詢問。」胡督察頓了頓，有點抱歉地補充道，「當然，你們學校的學生也不能例外。」

「別開玩笑，我們也是『嫌疑人』嘛，怎可能例外呢，我想大家也不會介意的。」倩倩說。

「那就好。」胡督察繼續道，「除了對在場人士搜身外，我們還必須假設，作案者為了不被當場抓獲，會把遺囑藏起來；由於案發後保安員便立即封鎖了現場，如果要

藏的話，這人也只可能把東西藏在科學館裏。所以，如果在參觀人士身上找不到遺囑的話，我們也會派出警員，對整棟科學館作地毯式的搜索。」

「這個地方也太大了吧，可以藏得下遺囑的地方估計成千上萬。」倩倩環顧四周，「另外，如果遺囑是在新聞發布會之前被偷的，那麼作案者恐怕早在現場被封鎖前就已經遠走高飛。」

「如果是那樣的話就糟了，」胡督察苦笑着說，「不過我們還可以查看科學館出入口的閉路電視錄影，看看有沒有可疑的人曾離開過科學館現場⋯⋯」

說着說着，兩人已經走到了地下展覽廳附近了。

這時，他們聽見展覽廳的方向傳來了爭吵聲，那裏似乎發生了什麼騷動⋯⋯

於是倩倩和胡督察拔腿就趕了過去。

第七章 意料之外的繼承者

在地下展覽廳裏，有兩個人在講台上激烈地爭吵着。

其中一個人就是那個副總裁林政禮。他的臉色看起來已經沒之前那麼蒼白了，事實上，現在他因為憤怒而滿臉通紅，正口沫橫飛地指罵着講台上的另一人。

至於被林政禮指罵的對象，倩倩並不認識。那是一個身材矮小、皮膚黝黑的中年男人，穿着T恤、牛仔褲和一件淺色的多用途夾克；如果之前記者訪問林政禮時，倩倩在場的話，她便會知道，這就是那個處處針對林政禮，並指控他虧空公款的聯合報記者。

台下，記者和嘉賓們都呆呆地站着，守在四周的保安員和警察也不敢輕舉妄動。大家都只是不知所措地望着講台上的兩人。

「我不許你碰那個！保安，快來把他趕下去啊。」林政禮罵道。

「我必須向大家宣布一件大事！這事關係到陳翁的⋯⋯」那個男人的話才說到一半，手中的咪高峯就已經

被林政禮奪去了。

「你給我閉嘴！」林政禮向他揮着拳頭，「我知道你想幹什麼！從剛才起你就一直對我提出無故指控，現在又想趁機發表侮辱我的謬論？你別妄想！」

「你這個……你沒權利阻止我！」男人咒罵着，伸手要把咪高峯奪回去。

這時倩倩看見了站在人羣外圍的均均，便跑了過去。

「到底發生什麼事了？」她迅速問道。

「倩倩姐姐，」均均回答道，「我也不太清楚。那個男人剛才突然跑上講台，聲稱有一件非常重要的事情要宣布。那時林政禮剛好從旁邊的休息室裏出來，看見那個男人，便瘋了似的衝上講台，要把他的咪高峯奪下……接下來發生的，你自己也看見了。」

看見台上兩人快要打起來了，倩倩想最好還是有人上去阻止他們比較好。

「爸爸！」遠處突然傳來一把女孩子的尖叫聲，引得不少人回頭張望。倩倩和均均驚訝地發現，尖叫的女孩子竟然是他們的同班同學鄭晴。

「爸爸！你在台上幹什麼？快……快下來啊。」鄭晴

大聲喊道。她所叫喚的人，也就是她的爸爸，明顯並非林政禮，而是那個黝黑的男人。

就在這時，那個黝黑男人發難了，他使勁地用肩膀一撞，便把林政禮撞倒在地上。林政禮叫了一聲，一屁股坐在地上，看起來並沒有傷着什麼，但由於他太胖了，所以此刻只能在地上胡亂掙扎着，一時之間無法爬起來。

趁着這個機會，男人一把將咪高峯搶回來。

保安員們此時終於開始跑向講台了，不知道是想扶起林政禮，還是把那男人抓起來。但這時中年男人說話了。

「各位記者，各位嘉賓，我即將要說的事很重要，」他大聲喊道，「這事和陳翁的遺產繼承權有重大的關係！」

聽到這裏，大家都突然靜了下來，就連坐在地上叫罵不斷的林政禮，也不禁閉上了嘴巴。記者們的鏡頭紛紛對準了台上的男人。

「爸爸？」鄭晴擔心地叫道，但此刻幾乎沒有人注意她。

「各位，我想大家都知道，陳翁的遺囑不見了。」男人一字一頓地說，「而我有理由懷疑，這張所謂的遺囑根

66

本從來都沒存在過，陳翁立遺囑一事，根本就是林政禮所造出來的，完全是一個大騙局！」

「不是！他當然有立遺囑，有照片作證……」林政禮抗議道，但他的聲音立即就被男人接下來的話掩蓋了。

「警方正在搜尋遺囑，但我相信他們什麼都不會找得到，因為根本沒有遺囑。」男人激動地喊，「也就是説，陳翁的遺產不應該留給這個謊話連篇的傢伙，而是應該由陳翁的直系後嗣所繼承。而他的直系後嗣……」

男人神秘地頓了一頓，才繼續道：「……此刻就在這個展覽廳裏。」

此話一出口，在場的人都喧嘩起來，嚷叫着、驚呼着、質疑着，其中林政禮索性還大笑了起來，嘴裏不斷喊着「天大的笑話」之類的話……

「我所説的話都是事實。」待大家安靜得差不多時，那中年男人才繼續道，「讓我來自我介紹一下吧，在下名叫鄭冠恆，我的妻子名叫陳佩瑩，她不幸在十六年前因病去世。不過，阿瑩給我留下了一個女兒……」

説着，他溫柔地望向台下的鄭晴。

「她的名字叫鄭晴，她長得實在太像她母親了，可以

説一點兒也不像他的外公。」名叫鄭冠恆的男人説，「儘管如此，她仍然是如假包換的，陳翁陳偉業的孫女——也就是他唯一的財產繼承人。」

寂靜在接下來的幾秒鐘裏取代了一切。

接着，所有人，的確是所有的人，都突然把頭「刷」地轉向鄭晴。

鄭晴驚恐地後退了半步，望着自己的父親，搖着頭，一臉難以置信的表情。

「天啊！這不會是真的吧。」這時，人羣中不知道誰喊道。

　　話音剛落，現場便只剩下一片混亂了，場面也開始變得不受控制起來——只見記者們彷彿突然醒覺過來似的，爭先恐後、前呼後擁地往鄭晴衝去，打算為她拍照、打算對她進行採訪、打算向她取得第一手的獨家資料……

　　鄭晴看見一羣人像瘋了似的向她湧來，害怕得拔腳就跑。

「這會出意外的……」胡督察看見情況不妙，連忙大聲命令下屬，「馬上把那些記者都攔起來！」

　　附近的幾個軍裝警員聽見後，連忙趕上去，把記者們截停。

　　而鄭晴則沒命地往展覽廳外跑，轉眼間就已經跑到很遠的地方了。

　　記者們看見她跑遠後，也沒有追，而是迅速改變了目標，往鄭冠恆所在的位置趕去。

　　「小晴！小晴！」此時，鄭冠恆已經跑到台下，打算去追自己的女兒。但沒走上兩步，他就被無數記者重重包圍，動彈不得，只能眼睜睜地看着女兒的身影消失在遠處。

　　至於那個林政禮，現在已經完全被冷落在一旁，呆坐在地板上；在聽到這個讓人震驚的消息後，他一直都沒反應過來。

　　看着現場的混亂情況，胡督察歎了一口氣。

　　「好吧，」他苦笑着對倩倩説，「事情越來越複雜了。陳翁竟然真的有一個孫女，而且當遺囑失蹤的時候，她和她的父親就身處於科學館裏……這是巧合嗎？他們父

女倆和這宗遺囑失竊案到底有沒有關係？」

倩倩沒有回答。她現在的心情亂極了。她的新同學鄭晴，竟然就是陳翁的孫女？這實在是太出人意料之外了，她真不敢相信。

恐怕，均均也是和她一樣驚訝吧⋯⋯

均均？直到此刻，倩倩才發現，本來站在她身旁的均均已經失去了蹤影。

第八章　無法接受的身分

　　鄭晴哭着跑過了一個又一個的展覽廳，儘管背後已經沒有記者在追趕了，但她彷彿仍然在努力地逃避着什麼，完全沒有停下來的意思。

　　當她終於跑累了的時候，才跌跌撞撞地靠向牆壁，無力地坐在地上。

　　一切都發生得太突然了，事前沒有任何預兆，忽然之間，她就成為了大富豪陳偉業的孫女。這件事對鄭晴的震憾，並不亞於一顆原子彈在她面前爆炸；此刻她彷彿再也不認識她父親，甚至再也不認識她自己了。

　　為什麼父親從來都沒有對她提過這件事？她心想。如果不是為了那筆遺產的話，他會永遠把這件事隱瞞下去嗎？

　　她努力地回想着過去：在記憶裏，母親的形象遙遠而陌生，她在自己很小的時候，就已經因病去世，鄭晴對她幾乎完全沒有印象；而父親也從來不會向鄭晴提到她的外公和外婆，就彷彿他們從來沒有存在過似的。

有時候鄭晴忍不住好奇心，問起外公外婆的事情時，換來的總是父親的那一句話：「等你長大之後，我再告訴你。」

而現在，她總算知道了，但結果卻令她大為驚訝。她感覺自己本來就像一條在風平浪靜的海面上航行的小船，現在卻突然被捲進了一個巨大的旋渦裏，而她無法知道，在急速轉動的旋渦中央，到底有什麼正在等着她。

她想起剛才那羣瘋狂的記者──現在整個世界的一切都不再正常了，大家再也不會用和以前一樣的眼光來看她了，而她的世界也注定要發生翻天覆地的變化了……而她只是個十多歲的女孩子啊，她又怎麼可能輕易理解和接受這一切呢？

她的眼淚又流了下來。

這時不遠處傳來一些動靜，鄭晴嚇得立即抬起了頭來。

原來是她的同班同學趙均均。

「呃，嘿……你沒事吧。」均均向前走了幾步，小心翼翼地問道。

「我沒事。」鄭晴舉起手臂，用手背擦了擦眼睛。

「吶，這個給你。」只見均均遞上了一包紙巾。

鄭晴遲疑了一會，便接了過來。

「謝謝。」她小聲地說。

均均緩緩坐到她旁邊的地板上。沉默了好一會後，他才問道：「你現在……感覺怎麼樣了？」

「我感覺怎麼樣了？」鄭晴有點激動地反問道，「我還可以有什麼感覺？我發現自己竟然是億萬富翁陳翁的孫女！我發現自己竟然是他的唯一繼承人！而如果沒人找到那張遺囑的話，他的錢將會統統屬於我的了，你問我感覺怎麼樣？當然是高興也來不及了！」

「但你現在看起來似乎並不怎麼高興啊。」均均老實地說。

「唉。」鄭晴深深地歎了一口氣，「是的，我一點兒也沒有感到高興。」

接着兩人沉默了半分鐘。

「呃……雖然我並不肯定這是怎麼一回事。」均均突然說，「但我覺得你的爸爸這樣做似乎不太對。」

「不太對？」鄭晴有點詫異地望向均均。

「是啊，他就在這麼突然的情況下，把你的身分公布

74

出來，卻沒有考慮到你的感受。我不知道……或許他是為了你才這樣做，呃，我並不是想説他的壞話……」

「我明白你的意思。」看見均均尷尬的樣子，鄭晴馬上替他解了圍，「其實我也覺得爸爸這樣做不對。為什麼他當初要瞞着我？為什麼不先徵求我的意見呢？應否公開身分這件事，我也有權決定的啊！有那麼一會兒，我真的很討厭他的自作主張。但是……我真的無法容許自己怪責他。」

「因為他是你的爸爸？」

「還有另一個原因。」鄭晴搖了搖頭，望着遠方説，「從我有記憶以來，就知道家裏很窮，爸爸辛辛苦苦賺來的錢，要還債，要交屋租，然後就沒剩下多少了。但小時候的我卻任性得很，一會兒嚷着要去買零食、一會兒嚷着要買新衣服，同班女同學買了新書包，我便會馬上纏着爸爸要他給我買一個……我最記得的是八歲生日那一天，為了和我慶祝，那晚爸爸特地帶了我去吃麥當勞，但我卻太不懂事了，一直都嚷着要吃生日蛋糕，甚至説沒蛋糕吃就不回家，結果爸爸沒辦法，買了一個又大又漂亮的蛋糕給我，我才破涕為笑。但後來我才知道，那天早上他剛被老

75

闆解僱了，我們餘下的存款連那個月的屋租也沒法交，而我，竟然為了那個笨蛋糕在吵吵鬧鬧。實在……實在是太不像樣了。」

說着，她把頭埋在雙臂裏，低聲地哭泣起來。

「嘿，沒關係的。那時候你還小嘛……」均均有點不知所措地說道。

「所以……」鄭晴頭也不抬地說，「所以……我才認為自己沒有資格去怪責爸爸，他為我做了那麼多。」

均均望着她，一句安慰的話也說不出口。

鄭晴哭了一會兒，才緩緩地抬起頭來。

「現在我感覺好多了，」她擦了擦眼淚，小聲道，「我已經想通了。」

「你想通了？」均均奇怪地問。

「是啊，我剛才到底在擔心些什麼呢？」鄭晴勉強地擠出了一個笑容，「我們曾經度過一段苦日子，但那都已經是過去的事了，只要我成功繼承那筆遺產，那麼爸爸就不用再那麼辛苦地工作，可以過上安穩的好日子了。而為了達到這個目的，爸爸需要我，因為我的身分是合法繼承這筆遺產的關鍵！」

「但是那份遺囑……」均均才說到一半，便意識到自己說錯話了，連忙把自己的嘴摀了起來。

「是的，那份遺囑。」鄭晴歎了一口氣，「那份遺囑真的存在過嗎？如果存在的話，它又是被誰偷走了？現在又在哪兒呢？我不知道，但現在我只希望那份遺囑永遠不再出現，最好永遠沒有人能找到它！」

看見鄭晴一臉擔心的樣子，均均不禁替她捏一把汗。據他所知，警方目前正準備全力搜索，要把整間科學館翻個底朝天；而更糟的是，大偵探倩倩也是其中的一份子，如果讓她成功把那份遺囑找出來的話……

不不不！均均心想，倩倩絕對不可以這樣做，如果她找到遺囑，那麼本來應該屬於陳翁後嗣的錢，就會落到那個林政禮的手裏！正義是一回事，破案是一回事，但這一切卻關乎鄭晴和她父親的幸福。均均只希望，遺囑最好已經被偷它的人徹底毀掉，連一塊殘片也沒有剩下來。

有史以來頭一次，均均竟然希望倩倩千萬不要成功破案。

「小晴！」遠處突然傳來一把聲音，「原來你在這兒！」

只見鄭冠恆急急忙忙地沿着走廊跑向兩人。

　　「爸爸！」鄭晴連忙跳了起來，跑向父親。

　　「我真的好擔心你，」鄭冠恆慈愛地撫摸着鄭晴的頭髮，「爸爸對不起你，我應該考慮到你的感受，我應該一早把真相告訴你……」

　　「不要緊的，爸爸，不要緊。真的！」鄭晴笑道。

　　「我明白把你捲進這件事裏，對你實在是很不公平，」鄭冠恆望着女兒，認真地説，「但是，那筆遺產本來就是屬於你的，我絕不能容許林政禮那個壞蛋把錢據為己有，這是原則的問題；更何況，有了這筆遺產，你就能過上更好的生活。我所做的一切，並不是為了自己，而是為了讓你快樂，你能……理解我嗎？」

　　「別再説了，我當然明白。」鄭晴點了點頭，「我一定會支持你的，爸爸。」

　　「謝謝你。」鄭冠恆説，然後把目光移向站在一旁的均均，「小晴，他……他是誰？」

　　「噢，他是我的同班同學，也是我的朋友，他……」

　　「我們走吧。」鄭冠恆打斷了女兒的話，「我們去見見那些記者，好嗎？」

「好的。」說着鄭晴向均均揮了揮手,「一會兒見,均均,謝謝你。」

於是均均也連忙揮了揮手。

轉身離開前,鄭冠恆望了均均一眼,他的臉上充滿了懷疑和不信任。

第九章 不可能的犯案手法

在休息室的洗手間裏，偉業集團的副總裁林政禮，正站在洗手盆前，不斷把冷水撥到自己的臉上，好讓自己清醒起來。

眼看快要到手的遺產突然之間化為了泡影，這讓他憤怒極了。

這到底是怎麼回事？林政禮心想。一定是他！一定是那個傢伙做的好事！

想到這兒，他氣得一拳捶向堅硬的洗手盆，卻又立即痛得哇哇直叫。

「喂喂喂，老林，不用發這麼大牌氣嘛。」這時一個人推開門，把頭伸了進來。林政禮定眼一看，原來是他的下屬劉喜雲，當然了，除了他外，還有誰敢用如此輕蔑的態度來跟副總裁説話呢？

「別煩我！我都説了，我要獨自靜一靜。」林政禮沒好氣地叫道。

「胡督察已經來到了休息室，他想見你。」劉喜雲

説。

「哼，他們最好已經把遺囑找出來。」説着，林政禮用紙巾抹了抹臉，然後便離開了洗手間。

胡督察正坐在休息室的沙發上，而坐在他身邊的，則是科學館的負責人許館長。至於我們的大偵探情倩呢？只見她和均均婉瑩正安靜地坐在休息室的另一個角落裏，毫不引人注目的樣子——胡督察認為這樣比較好，畢竟高傲的林政禮應該不會肯讓一個小女孩參與到調查當中。

「喂！説，找到遺囑了嗎？」一見面，林政禮劈頭便問胡督察。

只見胡督察皺了皺眉頭，然後有禮貌地回應道：「林先生，不好意思，關於遺囑，目前我們警方仍在努力搜索中，一旦有消息我們就會第一時間通知你。我們叫你來這兒，是想問你幾個問題……」

「都是些飯桶！」沒等他説完，林政禮就已經叫嚷了起來，「連一張破紙也找不到，一點兒用也沒有！我告訴你，遺囑一定是被那個鄭冠恆偷走的！立即把他捉起來，審問他，他一定知道遺囑藏在哪兒！」

「對不起，在有確實證據前，我們不能拘捕他。」

「一定是他！如果你們讓他逃走的話，我一定會找律師告你們，我一定要你們負責……」

「林先生，」只見胡督察表情一變，用低沉的聲音回答道，「你有什麼不滿的話儘管投訴，但這一刻我才是這次調查工作的負責人，我不管你是什麼集團的副總裁，還是幾百億遺產的繼承人，在我面前都沒有意義！如果你不介意的話，現在是否能回答我幾個問題？」

聽見胡督察的話，林政禮的氣焰立即就被壓去了一半，好一會才一臉惱火地回答：「哼，隨便你，問吧。」

「二十多年前，陳偉業留下了一份遺囑，指定你為他的遺產繼承人，對嗎？」

「這算是什麼問題？當然是了。」林政禮又忍不住喊。

「我還沒問到重點呢，據我們所知，遺囑事後被放進了科學館的時間囊裏，請問當時遺囑是由誰放置的呢？」

「是我。」林政禮説，「陳翁簽署了文件後，就直接交給我，檢查過後，我便親手將遺囑放到了一疊文件的底部。緊接着，時間囊就馬上被關上，埋進五米深的地底裏去。」

「而一直到今天前，都沒有人打開過它？例如說，陳偉業會不會曾經把它挖過出來？」

「那怎麼可能，如果他曾經這樣做過，我一定會知道，許館長也一定會知道！事實上，要把時間囊從地底挖出來是一個大工程，首先要移開放在上面的恐龍骸骨展品，把半噸重的石板移開，鑿開厚達兩米的水泥，再挖出三米厚的泥土才行。這至少得花上一整天時間，根本沒有人，包括陳翁，可以在不引人注意的情況下，把時間囊挖出來。」

「是嗎……」胡督察說着沉思了起來，「那就是說，遺囑被偷的時間，只可能是在時間囊被挖出來之後，和新聞發布會開始之前，這期間大約有五、六個小時……」

「時間囊本身是上了鎖的嗎？」胡督察接着問。

「這個讓我來回答吧。」只見許館長舉起了手來，「這個時間囊是由我設計的，關於它的一切我都知道得清清楚楚。時間囊本身是上了鎖的，而要打開時間囊，必須使用一把特製的大鑰匙——它是獨一無二的，運作原理和普通的彈子鎖全然不同，我相信即使是最棒的鎖匠，也無法輕易破解它。」

「那可以用其他的方法……例如說，用暴力的方法來把時間囊打開嗎？」胡督察好奇地問許館長。

「非常困難，」許館長說，「時間囊本身是一個由鈦合金所製成的長方形箱子，箱壁厚度足足有30厘米，可以承受好幾噸的壓力，同時它結構緊密，關閉之後即使是一隻螞蟻也鑽不進去。只用錘子等工具，是無法『傷』它分毫的，除非是用大型電鑽和炸藥。」

「很明顯，時間囊上並沒有被電鑽或炸藥破壞過的痕跡。」胡督察皺着眉頭，「好吧，於是就只剩下最後一個可能性了。很不好意思，許館長，你是唯一持有鑰匙的人，也就是說，你的嫌疑是最大的。請問，在時間囊被挖出來之後的幾個小時裏，你有接近過它嗎？」

「沒有，我一直都在自己的辦公室內工作。」許館長立即說。

「有人能證明嗎？」胡督察問。

「我的同事們都可以替我做證，從時間囊被成功挖出來，到新聞發布會開始前，我都沒有踏出過辦公室半步……」只見許館長想了想，又補充道，「嗯，對了，除了……早上十點多時，我曾到科學館的正門接待過一羣來

訪的中學生，僅此而已。我一直都沒有接近過時間囊，我可以發誓。」

「事實上，根據負責看守的保安員所述，從時間囊出土到新聞發布會期間，根本沒有一個人接近過時間囊，更別提把它打開，從中偷走遺囑了。」胡督察用手掌抹了抹臉，一副毫無頭緒的模樣，「綜上所述，遺囑根本就不可能會失蹤，因為根本就沒有人有機會把它偷到手。但事實上，遺囑的確失蹤了，這……這實在是太難以置信了，到底是怎麼一回事？」

「我知道！這實在是太簡單了。」這時一直沉默著的劉喜雲說話了，把大家的注意力都引了過去，「很明顯我們的遺囑大盜，是一個能隱身、能飛天遁地、能隔空取物的傢伙。」

大家花了好幾秒鐘，才意識到他是在開玩笑。

「在這種情況下！」氣得七孔生煙的林政禮叫道，「你能不能夠認真一點？」

「好吧好吧，天啊，你真是沒有幽默感。」劉喜雲攤著手說，「如果真的要問我的話，我想作案者是利用了某種高科技的手段來偷取遺囑的，例如激光啊，遙控機械人

啊，納米技術啊等等。你看，這兒是科學館嘛，發生在這兒的案件，自然也會和科學有關係，對不對？」

「這個警方已經在調查了，」胡督察盯着他説，「請問你是……」

「在下劉喜雲，偉業集團的總經理。」説着他把自己的名片遞給胡督察，「嘿嘿，在此事先聲明，我可是個善良的模範小市民，那遺囑絕對不是我偷的。」

「關於這點，我們目前還不敢肯定……」胡督察笑道，「對了，隨便問問，在時間囊出土到新聞發布會期間，你一直都在哪兒呢？」

只見劉喜雲皺了皺眉頭。

「呵，我還以為你不會問呢，」他立即接着道，「在這段期間，我一直都在為新聞發布會現場進行布置，那個時間囊嘛，一直都在我的視線範圍之內，不過我敢保證，我一直都沒有接近過它半步。老實説，我根本不知道那大傢伙就是時間囊，我還以為那是一部咖啡機呢！」

「是嗎？」胡督察丟下這麼一句話後，便沒有再説下去了。

「不過，無論遺囑是被誰偷的，恐怕現在都已經凶

多吉少了。」劉喜雲有點誇張地歎着氣說，「你看，遺囑只是一張紙而已，要是我的話，只要把他撕碎後吞進肚子裏，那麼無論警方怎麼搜身，都是不可能找得到的了。」

胡督察聽後一怔。的確，如果是這樣的話，遺囑可能根本就找不回來了。

「不可以！」林政禮聽後，既生氣又絕望地喊道，「天啊，我不能讓遺囑就這樣消失於世上！我不允許！」

「這個……放心吧，」沒想到許館長說，「那種情況不太可能發生。」

「為什麼呢？」胡督察問。

「因為那份遺囑用的並非普通的紙，而是合成紙。」

「合成紙？那是什麼東西？」

於是許館長解釋道：「簡單來說，合成紙就是將塑料薄膜進行紙狀化表面加工後所製成的紙張，它和普遍的紙一樣可以用來書寫和印刷，但同時又具有高強度、防水防潮、抗酸鹼性腐蝕等特點。因此，合成紙是很難撕碎的，自然也無法被吞進肚子裏了。」

「也就是說，由於作案者很難把遺囑毀掉，因此只能把它藏起來？」

「也不一定，」許館長又道，「合成紙雖然很堅韌，但它抗熱性仍然很差，和普通的紙一樣，很容易被明火燒毀。」

「這個放心吧。」胡督察立即道，「我會下令手足們在搜身時，特別留意是否有人攜帶打火機或者火柴之類的引火物，我相信作案者是不會有機會把遺囑燒毀的⋯⋯」

就在此時，一名軍裝警員進入了休息室，向胡督察敬了個禮。

「長官，」他報告道，「所有的參觀人士已經被集中在地下展覽廳裏了，我是來請休息室中其餘幾位到場去的；同時同事們也已經在待命，準備進行搜身。」

「很好，還有一點。」胡督察對他說，「每一個人被搜身後，都必須被直接帶離科學館。如果所有人身上都搜不出遺囑，就說明作案者已經成功把遺囑藏在科學館的某個位置裏，到時候就要對偌大的科學館進行地毯式的搜尋了⋯⋯而這，是我絕對不希望發生的事情。」

大海撈針

　　胡督察最不希望發生的事情，最後還是發生了。

　　遺囑失竊時，身處於科學館內的人，包括記者、工作人員、嘉賓和參觀人士，都已經搜身完畢了，但結果仍然是一無所獲。也就是説，目前只存在兩個可能性：一、在新聞發布會開始前，作案者已經將遺囑偷到手，在警方把現場封鎖起來之前，早就已經遠走高飛了；二、作案者取得遺囑後，在來得及逃走前，警方已經來到了現場，因此作案者只能把遺囑藏在科學館的某個隱蔽的角落。

　　警方已經查看過科學館出入口的閉路電視錄像，從時間囊被挖出來，到警方接報到場期間，除了幾個保安人員外，沒有一個人離開過科學館。這説明，偷取遺囑者很可能就在接受搜身的人當中，而為了避免在搜身時被逮個正着，作案者就必須把遺囑藏在科學館裏的某個地方。

　　也就是説，目前警方唯一能做的，就是搜索整棟科學館大樓——而這絕對不是一件容易的工作。

　　如果作案者藏得好的話，遺囑可能永遠都找不到。

為了讓搜索工作順利進行，科學館裏的大部分人，已經在警方的安排下被帶離科學館；而剩下來的，就只有負責進行搜索的上百個警員、許館長、幾位工作人員、鄭氏父女、林政禮、劉喜雲……噢，還有歐陽小倩和她的「特別搜查隊」。

此刻，包括倩倩在內的幾個秋之楓中學學生，正站在科學館的平面圖前，研究着他們的搜查路線。

香港科學館加上地下共分四層，以內容來劃分的話，由上至下分別是：「兒童天地區」、「通訊與生活科學展覽區」、「磁電廊」和「物理與生物學展覽區」，除固定的常設展館外，位於地下樓層的特備展廳還會不時舉辦專題展覽。

「好吧，我們到底要怎麼找？」只見婉瑩困惑得眉頭緊皺，問道，「科學館這麼大，而我們要找的東西卻那麼小——我們在談論的可是一張薄薄的紙啊！它幾乎可以被藏在任何地方呢！藏在地毯下、夾在書頁之間、貼在椅子底、塞在櫃子後……老實說，如果這是一場捉迷藏比賽的話，那麼這張遺囑肯定贏定了。」

　「是啊，這簡直是在大海撈針。」温學晴叉着腰説，「何況，負責尋找遺囑的警察少説也有一百個，加上我們幾個又有什麼用？」

「那可不一樣，警察們所採用的方法屬於『地毯式搜尋』，雖然很細緻，但效率卻慢得很。」倩倩解釋道，「而我們呢，採用的則是『推理式搜尋』，我們把自己假設成作案者，然後推理出可能性最高的收藏地點。依靠這個方法，或許就能夠早一點把遺囑找出來。」

「我對這兒最了解啦，就讓我來帶路吧！」只見班長徐嘉明興奮地舉起手來，不過似乎沒有人搭理他。

「我不知道……」李曉培這時説，「老實説，為什麼我們要如此努力把遺囑找出來？如果那張遺囑從此永遠失蹤的話，不是比較好嗎？我們都知道鄭晴需要那筆遺產，同時也有權利去得到那筆遺產。」

「是啊，那遺囑完全不合理，竟然把這麼多錢留給那個趾高氣揚的副總裁。」婉瑩一臉不爽地説。

「等等，我明白了，」温學晴突然喊道，「倩倩你之所以要先於警方把遺囑找出來，是想偷偷把遺囑毀屍滅跡吧！一定是這樣……」

「沒錯，這才像樣兒。」婉瑩則道，「讓我們把它找出來，然後燒了它！」

「燒了它！燒了它！」温學晴一邊説一邊揮動着拳

頭。

「等等！」只見倩倩阻止道，「我之所以請求胡督察讓我們留下，可並不是為了妨礙司法公正。我是打算把遺囑找出來，然後完整無缺地交給警方。」

「怎麼會？」溫學晴驚叫道，「我真看錯你了，倩倩。你竟然助紂為虐！」

這時倩倩深深地歎了一口氣。

「不是這樣的，」她說，「作為朋友和同學，我當然希望鄭晴能得到那筆錢，可以過上更好的生活。但法律的天秤是不會為任何人傾斜的，這份遺囑本身合不合理是一回事，但偷取它這種行為仍然是不對的。而我們的責任，就是尋找真相和事實，我們無權擅自作出判決。你們明白嗎？」

只見大家沉默了一會後，都無奈地點了點頭。

「好吧，我們去把遺囑找出來，然後交給警方吧。」溫學晴說，「雖然我仍然認為這不是一個好主意。」

「那麼我們出發吧！咦？」婉瑩突然環顧四周，奇怪地問，「大家有沒有發現均均不見了？」

「沒理由啊，我發誓他剛剛還站在我旁邊。」徐嘉明

攤了攤手。

「我在想，」倩倩用手摸着下巴，「他一個人到底會跑到哪裏去？」

就在大家納悶之際，在科學館的地下展覽廳裏，胡督察正在向鄭氏父女進行問話。

只見鄭冠恆緊緊地盯着胡督察的眼睛，一臉的警覺。

「對不起，我不會回答你任何問題。」鄭冠恆一字一頓地對督察説。

「爸爸！」鄭晴望向父親，對他的話感到不可理喻。

只見胡督察也不甘示弱地説：「鄭冠恆先生，如果你繼續採取這種不合作的態度，那這宗案件只會對你越來越不利。我只是想你回答我幾個問題而已，得到答案後，我立即就走。」

「哼，我是絕對不會幫你們警察的，你們只想證明我是作案者，千方百計要把我關進牢裏。想從我的嘴裏套出證據，再用來指控我？你別妄想！」

「爸爸！別這樣。」鄭晴又喊道。

「那你有沒有想過，我們之所以向你進行查問，也可能是為了證明你的清白？」胡督察望着鄭冠恆道，「鄭冠

恆先生，一旦那份遺囑消失了，你的女兒就是最大的受益者，因此你有很大的犯案動機，而偏偏當遺囑失蹤時，你卻又剛好出現在現場附近，因此你也有很大的嫌疑。你知道嗎？法律是不講情面的，法律是絕對客觀的，但如果你問我的個人想法的話，我會說，我希望你不是作案者，我也希望你和你的女兒能得到那筆遺產……因此，請不要讓我失望，回答我的問題，證明給我看，你沒有偷取那份遺囑，好嗎？」

只見鄭冠恆呆了半晌，臉上的表情也漸漸舒展了開來。

「嗯，」終於他說，「我明白了。無論如何，謝謝你。」

「那麼……」胡督察問道，「請問你今天為什麼會剛好出現在現場？」

「我是記者，而報社剛好要我來這兒進行採訪……」鄭冠恆頓了一頓，然後笑道，「好吧，我想我還是承認比較好──老闆本來是指派另一個同事來的，是我主動請纓要代替他。」

「那你為什麼要這樣做呢？」

「我只是想親自來看看那個繼承陳翁遺產的人，也就是那個林政禮。」鄭冠恆回答道，「我調查過他，據我所知，他根本就不是個正直的人，我有理由懷疑他虧空公款、收受賄賂。如果他得到了那筆錢，真不知道會用來幹什麼壞事。」

「但……你不知道遺囑會突然失竊？」

「當然不知道，當遺囑失蹤時，我也非常震驚。」

「但你很快就意識到，如果沒有遺囑的話，你的女兒就成了唯一的繼承者。」胡督察問。

「沒錯，所以我才會一時衝動跑到台上去，向大家宣布我和我女兒的身分。我當時認為，遺囑之所以會離奇失蹤，是因為當初陳翁根本就沒有把遺囑放進時間囊裏，所有的一切都是林政禮騙人的把戲。既然遺囑不存在，我就應該儘快向所有人宣告，這筆遺產的所有權是屬於我的女兒的。」

「很可惜，鄭先生。」胡督察有點抱歉地說，「遺囑的確放進了時間囊裏，當時許館長也在，他親眼看見的。」

「現在我知道了。但我仍然認為，林政禮對陳翁施

96

加了一些不恰當的影響力，迫使他同意這份遺囑上的聲明。」

「關於這一點，我們會進行調查的。」胡督察公事公辦地說，「另外我想知道的是……請不要介意，在新聞發布會開始前，你有接近過時間囊嗎？」

「沒有，」鄭冠恆搖着頭說，「不過那要看『接近』的定義是什麼，當時間囊被起重機吊出來後，所有記者，包括我，都一窩蜂地爭着上前拍照，雖然大家都被保安員們擋着，但離時間囊也只有一兩米的距離。這算是接近過嗎？」

「不算，」胡督察搖頭，「在這種情況下，根本沒可能把遺囑偷出來。」

「並不是我想協助警方找到遺囑，但我也忍不住想提醒你，能真正『接近』時間囊的，只有那些負責挖掘的工作人員，和負責看守時間囊的保安員吧。你調查過他們了嗎？」

「那當然，」胡督察笑了起來，「我們當然不會忽略他們，但在他們身上搜不出遺囑，或者其他可以用來撬開時間囊的工具；而最重要的，是他們沒有任何動機，偷走

遺囑對他們來説沒有任何好處⋯⋯」

「歸根究底，還是我的動機最大啊。」鄭冠恆苦笑着説。

接着，胡督察又問了他幾個和陳翁有關的問題。

就在兩人交談的時候，一直站在旁邊的鄭晴，突然聽到遠處傳來了鴿子的叫聲⋯⋯

「咕咕！咕咕！」那把聲音説。

鴿子？鄭晴心想，科學館裏怎麼會有鴿子呢？想到這裏，她把頭轉向聲音傳出的方向，只見均均正躲在一條大柱子後，費勁地裝鴿子叫。

於是，鄭晴悄悄地離開了父親和胡督察，跑到均均所在的位置去。

「怎麼啦？」鄭晴小聲地問，「你是要找我嗎？」

「是啊，幸好你明白我的暗號，不然我接下來就要裝貓頭鷹叫了，」均均做了個鬼臉，「你可不知道貓頭鷹的叫聲有多難裝，想當年我學了好久⋯⋯」

「呃，你來找我是因為⋯⋯」鄭晴忍不住提醒道。

「噢，對了，聽着，我們必須先於倩倩他們把遺囑找出來！」均均緊張地説，「她所組織的遺囑大搜查隊已經

開始行動了，我們必須比他們更快；你也知道倩倩是個數一數二的大偵探吧，只要她一出馬，就算有人把遺囑藏到火星去，她都有辦法找出來。」

「把遺囑找出來？就靠我們兩個？但是⋯⋯」鄭晴看來有點遲疑，「倩倩比我們聰明多了，我們怎可能比她快呢？」

「嘿嘿，別忘了我也算是個半桶水偵探。」均均敲了敲自己的腦袋，「雖然我腦筋沒倩倩轉得那麼快，但也協助她破過不少案件呢！何況，我們現在也沒有其他辦法，只能碰碰運氣了。如果讓他們先把遺囑找出來的話，遺產就會落到那個林政禮手中。」

「我不知道⋯⋯」鄭晴還是一臉猶豫不決的樣子，「我們把遺囑找出來之後，又該怎麼辦？」

「這個啊，還用問？當然是把它偷運出科學館，然後一把火燒掉！」

「這樣做⋯⋯不是犯法的嗎？把它交給警方才是正確的做法啊！」

「想想你和你爸爸的幸福吧，」均均望着鄭晴説，「你們需要這筆遺產，而你比那個林政禮更有資格得到這

筆錢。那是一份錯誤的遺囑，它本來就不應該存在，為什麼不能讓它就這樣消失於世上呢？」

　　鄭晴思索了好一會，才緩緩地説：「好吧。為了爸爸，我一定要把遺囑找出來。但是……我們首先該到哪兒去找呢？」

　　「這個嘛，」均均學着倩倩，用手摸了摸下巴，説，「我想到了一個地方。」

第十一章　在磁電廊

正當均均説出以上那句話的時候，倩倩和她的隊員們正處於一樓的磁電廊裏，仔細地搜尋着遺囑的蹤跡。

磁電廊位於科學館的出入口處，展區並不大，只擺放了五、六件介紹電力和磁力原理的小型展品。而科學館「能量穿梭機」的其中一個組成部分——乙塔就坐落在磁電廊中央。

「這兒似乎沒有多少地方可以用來藏東西啊，」婉瑩把手掌平放在雙眼之上，作遠觀狀，「倩倩你為什麼要首先來這兒進行搜查？」

「有三個原因，」倩倩一邊到處檢查，一邊回答道，「第一，這兒離出口最近，作案者有可能曾經守候在此處尋找逃跑的機會，或許會因此而留下一些蛛絲馬跡；第二，作案者發現出口守衞森嚴，很難逃掉的話，可能會順道把遺囑藏在這個地方；第三嘛，嗯……這個理由很牽強，純粹是當我想起磁電廊時，就會聯想到靜電，想起靜電，就自然聯想到靜電能吸引紙張，所以……」

倩倩説着走到其中一個展品前，仔細研究着。這展品的造型看起來彷彿一座支撐架空電纜用的金屬塔。在塔的周圍，裝有幾個控制台模樣的平台，似乎是供人進行實驗用的。而倩倩正在端詳的這個，則是一個半圓柱形玻璃罩，裏面橫躺着一個金屬轉輪，轉輪旁邊還有兩個金屬製的、可活動的部件。

　　「這到底是用來做什麼的呢？」倩倩自言自語道。

　　「這是用來示範電動機原理的！」突然徐嘉明不知道從哪兒冒了出來，把倩倩嚇了一大跳，「你看，只要把這個電源接通，就會使轉輪上的線圈變成電磁鐵，然後用雙手把兩塊磁鐵移近轉輪，你看！線圈就會帶動轉輪轉動起來，哈哈，是不是很厲害呢？」

　　「呃，謝謝你。」倩倩木無表情地説，「很感謝你為我們提供了這個『非常詳細但對目前的案件來説毫無作用』的解釋。」

　　「哈哈，不用謝，有什麼其他問題請隨便問。」徐嘉明高興地回答，似乎完全聽不明白倩倩是在諷刺他。

　　「咦？這個是什麼東東來的。」温學晴望着一個展品喃喃道。

只見她面前是一個大玻璃箱子，裏面懸掛着一整排的餅狀磁鐵，磁鐵間都留有十多厘米的空隙。

「哦！這是用來展示磁鐵異性相吸、同性相斥的道理的，」徐嘉明連忙趕過去解釋道，「看，只要擺動這一邊的磁鐵，就會把力傳開去，直至整排磁鐵都受到影響而擺動起來。登登登登！多麼的神奇。」

「那這個呢！」溫學晴順勢指了指另一件展品。

「這個呢，是通過轉動手柄的方式，來説明點亮的燈泡越多，耗電就越多。」

「那這個呢？」

「這是通過液體中的兩塊電極，來示範電流怎麼在液解中造成電解……」

「那這個呢？」

「這只是一個垃圾筒。」

「那這個呢？」

「哦，這個啊，這展品是讓你體驗觸電感覺的，」徐嘉明説着把手指放在金屬板上，「只要把手指放在上面，然後轉動手柄……」

「是這樣嗎？」溫學晴立即用力轉動手柄。

「哇！」只見徐嘉明被電得幾乎跳了起來，連忙把手縮回，「是的，就是這樣了。這件展品充分說明了安全用電的重要性。」

「謝謝這位『科學怪人』為我們帶來這麼精彩的表演。」溫學晴拍着手說，「現在，請問能不能繼續做我們應該做的事？例如說……搜索那份遺囑？」

「好的好的，我這就去。」徐嘉明連忙高舉雙手投降。

這時，倩倩幾乎已經把所有展品都查看了一遍，無意間她瞄了瞄坐落於磁電廊中央的能量穿梭機乙塔，才發現在鋼塔內還有一間黑暗的小房間。

她走進房間，才發現原來裏面還藏着一個展品。在一個正方形的底座上，放着一個巨大的透明玻璃球，球的中間裝有電極，一條條紫色的閃電從電極中發射出來，延伸到玻璃球的外殼上。比起磁電廊中的其他設施，這東西不像是科學的產物，更像魔法世界裏能預知未來的水晶球。

倩倩把手指放在玻璃球上，只見幾條「閃電」立即黏到她所觸碰的位置上，看起來就彷彿從倩倩的手指裏發射出來一樣。

「哇，這東西有型極了。」婉瑩走到倩倩身邊，讚歎着說。

「太漂亮了！」跟在婉瑩身後的李曉培則道。

「這又是什麼東東？」溫學晴也鑽了進來。

「這是等離子燈！」溫學晴的話把遠處的徐嘉明也引來了，「玻璃球內的氣體被通以高頻率的電流……」

「行了，詳細的科學原理遲點再講吧。」倩倩說着蹲下來，仔細檢查等離子燈的底座位置，「這兒那麼黑，作案者說不定會把遺囑藏在這兒呢。」

聽見她的話後，大家就立即着手搜索起來。

但他們找了好一會兒，仍然是一無所獲。

「咦？」李曉培突然輕輕叫道，從地上撿起了什麼東西。

「是不是找到遺囑了？」婉瑩高興地問。

「才不是，應該只是垃圾而已，沒什麼用。」李曉培說完，便打算把東西丟掉。

「等一等，」倩倩連忙阻止道，「先讓我看一看。」

於是李曉培把東西放到倩倩的手中，倩倩把它舉了起來，大家一看，才發現那是一支被扭彎了的金屬萬字夾。

「唉，這果然一點兒用也沒有。」婉瑩無奈地搖了搖頭。

「這也不一定，」沒想到倩倩說，「你們看看這裏。」

倩倩把萬字夾拿到較明亮的地方，然後指了指它被扭彎的末端，只見最末端的一段有被燒焦的痕跡。

「你不會在很多地方找到被燒過的萬字夾，」倩倩皺着眉頭説，「這東西一定和案件有關係。」

「或許只是工作人員不小心留在這兒的。」李曉培想了想，「我實在想不到怎麼用一支萬字夾把遺囑藏起來。」

「不管怎麼説，這東西可能很重要。」倩倩説着把萬字夾放進錢包裏，「大家還有其他不同尋常的發現嗎？」

「嗯，沒有，但我倒是有點奇怪的感覺。」婉瑩一臉認真地説，「我總是覺得這兒欠缺了什麼東西。」

「欠缺了什麼？」大家不約而同地問。

「到底是什麼呢？啊，對了！」婉瑩靈機一動，「我之所以有這種感覺，是因為均均不在！他總是愛在案件現場到處搗亂，讓你不勝其煩。如果他在的話，此刻一定正把臉貼在等離子球上，看看那些『閃電』會不會一起打到自己的臉上……怪不得我總覺得欠缺了什麼。」

「説起來，那小子到底跑到哪兒去了？」倩倩一臉疑惑地説。

第十二章 在鏡子世界

倩倩不知道的是，均均和鄭晴，現在正身處於地下展廳的「鏡子世界」裏。

這是一個由無數鏡子所組成的展區，它通過不同的設計和組合方式，讓鏡子呈現出各種奇妙的效果。就拿均均和鄭晴面前的這塊鏡子來說，由於它是水平擺放的凸鏡，因此在鏡子中看來，兩人似乎都成了大胖子。

「你認為偷遺囑的人可能會把東西藏在這兒？」鄭晴問。

「是的，」均均用手敲了敲鏡子，認真地說，「如果我是作案者呢，我也會這樣做。作案者無法把遺囑變成透明，但可以通過各種光學幻覺來把它隱藏起來，讓人視而不見，而有什麼比鏡子更能達到這個目的呢？」

說着他把頭湊近鏡子，仔細觀察着。

沒想到鄭晴突然捧着肚子，哈哈大笑起來。

「我的推理是有根據的啊！」均均以為鄭晴在取笑他的想法。

「不是啦，哈哈，只是你在鏡子中的影像太好笑了！」鄭晴邊笑邊道。

均均一看，才發現自己的臉在鏡中看起來就像一個扁柿子，眼耳口鼻全被壓成一塊兒，當他張開嘴來的時候，鏡中的牙齒就和鋼琴琴鍵一樣闊，可笑極了。

「你還沒看過更好笑的呢！」説着均均把雙手用力擠着雙頰，嘴巴成「O」型，做出無比驚訝的表情來。只見他鏡中的影像立即變得像火星來的ET怪物一樣，這下鄭晴笑得更大聲了。

「這個又如何？」鄭晴笑着把手指屈曲成爪狀，裝怪獸走路，「我像不像是哥斯拉？」

均均連忙把嘴向左右兩邊扯，做起鬼臉來，含糊不清地説：「小心啊！巨型海怪來襲！啊嗚！」

看見他的樣子，鄭晴笑得連腰也直不起來。

兩人輪流對着鏡子扮了無數鬼臉後，才意識到他們得繼續尋找遺囑了。

在鏡子世界中進行搜索可不是一件容易的事情，因為每一件展品都讓他們如墮五里霧中，弄不清楚方向和位置。例如説，你明明是正面面對着鏡子的，但鏡中反映出

來的卻是你的側面；站在另一塊鏡子前端詳，你看見的卻是自己的後腦勺；而當你經過另一塊鏡的時候，鏡中的你竟然是上下顛倒的，雙腳朝天、頭頂着地；更別提那個完全由鏡子組成的鏡子迷宮了⋯⋯

當兩人終於從鏡子迷宮中鑽出來時，均均幾乎連站也站不穩。

「天啊，上下左右都是鏡子，我差不多連出口在哪兒也找不到，」他揉着眼睛説，「我想我這輩子再也不想看見鏡子了。」

「咦？快看看這個。」鄭晴説着指向走廊旁的一個展品櫃。

只見那是一個由兩塊牆所隔出來的小空間，小空間裏豎着一條木造的小支架，支架上方則裝有一個托盤。除了這個支架外，展品櫃裏就什麼都沒有了。

「這到底是用來幹什麼的啊？」均均望着展品，連頭也歪到了一邊去。

「我知道！」鄭晴笑道，「你留在這兒別動。」

接着鄭晴立即繞到展品櫃後，消失在均均的視線中。

正當均均在猜接下來會發生什麼事時，只見⋯⋯鄭晴

的頭突然間憑空出現在支架的托盤之上！

「哇！」這可把均均嚇了一大跳。要知道，在那小小的支架後，似乎根本就沒有地方可以躲藏，一顆沒有連着身體的頭顱突然出現在托盤上，那當然是一件非常可怕的事⋯⋯

而更糟的是，鄭晴的頭開始説話了。

「喂！把你嚇着了嗎？」她笑道，「看！我只剩下一顆頭了，很好玩呢，你也要來試試嗎？」

均均一臉驚訝地搖了搖頭。

「不用怕啦，你看！」接着鄭晴的頭「嗖」地從托盤上消失了，然後她完整無缺地從展品櫃後鑽了出來，「我一點事也沒有。這展品叫做隱身鏡，那條支架四周看起來什麼都沒有，其實是兩塊平面鏡所造成的錯覺啦，鏡子把人的身軀擋了起來，所以看起來就好像只剩下一顆頭。你也來試一試吧。」

於是均均和鄭晴一起跑到展品櫃的背面，從一個入口鑽進了櫃裏。當他們站上一個台階，慢慢把頭伸出去時，正好從展品櫃對面的一塊大鏡子中看見了自己的模樣——看起來他們的身軀都不見了，只剩下兩個大頭。

「哇，好有趣。」均均邊說邊裝出一副死相，「看，我的頭被人切下來了。」

鄭晴往下蹲了一點點，說：「我更慘，我現在只剩下半個頭了。」

「我更糟呢，我只剩下鼻子⋯⋯」

就在這時，兩人聽見走廊上傳來越來越響的腳步聲。

「那⋯⋯」均均剛想說話，就被鄭晴拉着衣袖一起躲了起來。

或許只是負責搜索遺囑的警員吧，均均這樣想着，卻不敢站起來確認。萬一那是倩倩和她的搜索隊員們呢？到時她一定會質問均均在這兒幹什麼，如果讓她知道自己是在偷偷尋找遺囑的話⋯⋯想到這兒，均均就連氣也不敢透一口。

從腳步聲來判斷，來者似乎是個男的，而且只有一個人。那人走到隱身鏡展品櫃附近便停了下來，沒一會兒，他的講話聲傳來。

剛開始，均均還以為他們已經被發現了，仔細聽下去，才發現那人原來正在打電話。

「是我。」那把聲音道，「文件的情況怎麼樣了？」

從電話對面傳來含糊不清的通話聲，對方講了一會後，男人便繼續道：「是的，他還在這兒，所以你儘管行動吧，不用擔心，我會盯着他的。一旦得到文件後，就立即轉送到老地方，接下來的事，我自然會處理的了。」

這聽起來彷彿是一般商務上的交談，但對於均均來說，那人的話聽起來可疑極了。文件？該不會是指遺囑吧？難道這人就是偷取遺囑的作案者？說起來，這傢伙的聲音聽起來熟悉極了，均均在不久前才剛剛聽過……

電話那邊的人又說起話來，而男人則只是不斷地發出「嗯哼」的確認聲。

這刻，均均已經按捺不住好奇心了，他小心翼翼地站起來，緩緩把頭伸到外面去。幸運的是，這一刻那男人的側面正好對着展品櫃，他看不見均均，但均均卻能清楚地看見他的樣子……原來是他？

看見均均的動作後，鄭晴這時也站了起來，往外看去。但當她看見男人的樣子時，卻忍不住發出一聲低沉而短促的驚叫聲。

「是誰？」男人迅速轉過身來，警覺地喊道。

當男人望向展品櫃的方向時，兩人已經及時躲回了櫃

裏。鄭晴用手捂着自己的嘴巴，緊張地望着均均。

寂靜彷彿持續了整整一個世紀，兩人豎着耳朵，等待男人的腳步聲漸漸接近，然後突然出現在他們的藏身之處……

幸好這種事情並沒有發生，半分鐘後，男人便又繼續説起電話來。

「沒什麼事，」他似乎在回答對方的問題，「應該只是我神經敏感而已，不過現在不是閒談的時候，我遲一點再和你通話吧。」

説着，他關上手提電話，便快步往出口走去，一秒也沒有再停留。

確定男人走遠後，均均才低聲道：「好險啊，差點就被他發現了。」

「那個人，我以前曾經見過他。」鄭晴神情嚴峻地説，「如果我沒有記錯的話，這傢伙……曾經嘗試綁架我！」

「什麼？那是什麼時候的事？」均均聽了她的話後，大吃一驚。

「在我大約十歲的時候吧。有一天，我獨自從學校走

回家，走到一條偏僻小巷附近時，這個人突然出現在我的面前，叫我的名字，還問我可不可以跟他去一個地方。我那時候雖然小，但已經知道不可以隨便跟陌生人走，所以我連忙説我要回家了，轉身便走。沒想到，他突然抓着我的手臂，嚇得我高聲尖叫起來，由於附近還有幾個行人，那個人看見情況不妙，就立即離開了。回到家我把這件事告訴了爸爸，他擔心我的安全，馬上搬了家……雖然過去了那麼久，但那個人的樣子，我一直都沒有忘記。想不到，今天竟然會在這兒看見他！」

聽了鄭晴的故事後，均均沉默了好一會兒。

「均均，怎麼啦？」鄭晴忍不住問道。

「如果是這樣的話，那就太奇怪了，為什麼他要這樣做呢？」

「你認識他？他是誰？」

「我在休息室見過他，」均均説，「他是偉業集團的總經理，他叫劉喜雲。」

在生命科學展覽區

當西裝革履的劉喜雲從鏡子世界的出口離開時，身處於「生命科學展覽區」裏的倩倩正好遠遠地看見了他，但她望了他一眼後，便繼續把注意力集中在面前的展品上。

這是一個旋轉木馬般的圓形轉盤，在轉盤的內側印了一些小鳥飛翔的圖片。這些圖片看起來都非常相似，但仔細觀察的話，就會發現每張圖片裏小鳥的動作都稍有不同；而在每張圖片間，都被切割出一個垂直的小間隙。倩倩按展品說明的做法把轉盤高速轉動起來，然後從轉盤的側面進行觀察——從間隙之間望過去，那些小鳥竟然活動了起來，做出飛翔的動作。

「這就是人類視覺暫留所造成的幻覺啦！」這時徐嘉明不知道又從哪裏鑽了出來，盡責地為展品進行解說，「由於人類的視網膜有固定的反應速度，所以光線被視網膜接收後，仍然會在我們的腦中保留一段很短的時間。以電影為例，電影其實是由每秒二十四格的圖片所組成的幻燈片，但我們之所以會看見流暢而連續的畫面，就是視覺

暫留的功勞啦。」

「呃，這個我知道……」

倩倩的話剛説到一半，徐嘉明便立即指着另一個展品，大談特談起來。

「其實這個展品也同樣展示了視覺暫留的原理，你看，這個可旋轉的平台上垂直放置了一塊白板，白板兩邊分別畫了一隻鸚鵡和一個鳥籠。只要我們按這按鈕讓白板高速旋轉，那麼鸚鵡看起來就像被關進鳥籠裏了！很神奇對吧？」

倩倩歎了一口氣，看來徐嘉明一直都認為他們正在科學館裏遊覽，而不是在嘗試破解遺囑失蹤之謎。

「還有其他問題嗎？我都會努力解答的！」徐嘉明拍着胸膛説。

「我只是想知道，為什麼人的眼睛嘴巴都可以閉起來，只有耳朵不可以？你知道，這樣就無法隔絕一些你不想聽見的聲音了。」

倩倩已經特別強調了最後的幾個字，但徐嘉明似乎還不明白。

「這個嘛，我倒是不知道是什麼原因，聲學區就在

那一邊，我立即去找答案。哇哈哈，科學實在是太有趣了！」説着，他便像一支箭般跑開了。

這時婉瑩走到了倩倩身邊。

「大家有什麼發現嗎？」倩倩問道。

「完全沒有，學晴在那個圓筒隧道裏來回檢查了幾十遍——你知道，內部塗成旋渦形、讓你經過時天旋地轉的那個——結果現在正在暈浪中。」婉瑩無奈地説，「你認為作案者可能會把遺囑藏在這兒？」

「有可能，時間囊本來埋在生命科學展覽區的中央位置，而舉辦新聞發布會的臨時講台也是建在這兒，偷走遺囑後，為了避免引起懷疑，作案者可能不敢隨便到處走動；後來，當作案者意識到警方準備搜身，必須把遺囑藏起來時，作案者自然就只能把東西藏到講台附近了。」倩倩望向展廳中央的講台，思考着，「當然，現在看來我的猜測是錯誤的。」

「看！時間囊就在那兒。」婉瑩指了指擺在講台中央的大箱子。

「是的，」倩倩説，「或許我們順道過去調查一下吧。」

於是兩人慢慢走到剛剛舉行過新聞發布會的講台上。就在三個小時前，台下還是人頭湧湧的，此刻除了幾個負責搜索的警員，就一個人也沒有了。

　　講台上的時間囊仍然保持着開啟狀態，倩倩和婉瑩把頭湊近箱子，觀察裏面的東西：只見在箱子裏，亂七八糟地擺放了幾疊文件、幾個手工雕塑、幾盒卡式錄音帶、幾卷電影菲林，還有幾張看來是兒童繪畫比賽的得獎作品。倩倩想，這些物品本來應該是擺放得整整齊齊的吧，當大家發現遺囑失蹤後，把箱子翻了個底朝天，所以才會把一切都弄得亂糟糟的。

　　「哇，這時間囊從外面看起來真大，但裏面的空間原來這麼小。」婉瑩説，「這箱子的四邊怎麼設計得那麼厚？」

　　「這是為了防止裏面的東西被破壞。」這時一把聲音從兩人背後傳來。

　　兩人轉過頭去，只見許館長笑着向她們點了點頭。

　　「許館長，你好。」倩倩立即打招呼道。

　　「大自然擁有非常強大的力量，」許館長繼續解釋道，「如果時間囊不夠堅固的話，就會迅速被侵蝕和分

解。這個箱子由鈦合金所組成，而且完全密封，別說泥土或者昆蟲，就連外界的水分、空氣和微生物都無法進入。」

「可惜……」倩倩苦笑着説，「它卻阻止不了遺囑大盜。」

「的確如此。」許館長説着頓了一頓，「我不知道科學館裏還會有學生在，警方沒有讓你們離開嗎？」

「噢，其實我是個偵探，留下來調查案件，目前我的搜索隊正在到處搜索遺囑。」倩倩如實告訴了許館長。

沒想到許館長卻哈哈大笑起來，看來他以為倩倩在開玩笑。

「哈哈，現在的學生真有想像力，」許館長讚許道，「那麼，小偵探們，如果你們在調查時有什麼問題，就儘管問我吧！不過事先聲明哦，我可不是偷取遺囑的作案者。」

的確，無論怎麼看，倩倩都不像一個屢破奇案的大偵探，許館長的反應也很正常。不過，倩倩此時也不打算向許館長解釋了，説不定以學生的身分來發問，反而還能得到更多有用的信息呢。事實上，以倩倩的經驗，大部分破

案的關鍵都隱藏在看起來無關緊要的小事之中，而這種小事，人們在接受詢問時通常是不會告知警方的。

「對了，許館長，」於是倩倩問道，「這個時間囊是由你設計的嗎？」

「是啊，」他回答，「那時候科學館才剛剛建成，作為館長，我的第一項工作就是為科學館舉辦一場隆重的落成典禮，於是我決定為科學館設計一個時間囊，把能代表當時時代的物品放進去，以供未來的人進行參考。但在落成典禮當天，陳翁卻把他的遺囑放進了時間囊裏，這就為它的存在賦予了全新的意義——它成了負責保護遺囑的保險箱。」

「陳翁把遺囑放進時間囊，」倩倩接着問道，「有徵求過你的同意嗎？你有沒有反對過？」

「我又怎麼會反對呢？」許館長笑着說，「我還樂於這樣幹呢，這樣做時間囊就會被媒體廣泛報道，也順道讓科學館名聲大振。何況，陳翁是我的恩師，我又怎可能拒絕他的要求？」

「陳偉業先生是你的恩師？」

「沒錯，」許館長回憶道，「陳翁雖然主力從商，但

作為一個出色的科學家，他也曾在大學當過一段時間的物理學教授，而那時我也幸運地成為了他的學生。他給了我很多啟發，我之所以能在科學界有所成就，都是托陳翁的福。」

「那麼……」倩倩想了想，說，「你畢業之後，還有見過陳翁嗎？」

「當然見過，事實上，我們一直都保持着聯絡，他來參加過我的婚禮，我也偶然和他出外飲茶。不過，當陳翁的妻子因病去世後，他就開始變得孤僻起來，幾乎和所有朋友都斷絕了來往，廢寢忘餐地經營着生意。直至科學館開始興建的時候，由於工作關係，我才再次聯絡上他。」

「嗯，落成典禮那天，陳翁突然宣布要把遺產留給他的合夥人，你有沒有感到意外？」

「那是肯定的。」許館長歎了一口氣，「特別是典禮開始後，當他站到講台上時，他的第一句話，便是宣布要和她的女兒脫離父女關係，這可把在場所有人都嚇了一大跳。佩瑩是陳翁唯一的女兒……不，甚至是他唯一的親人，但他卻把所有遺產都留給了別人，這種做法，完全出乎大家的意料。」

「你⋯⋯認識陳翁的女兒？」

「認識啊。想當年，陳翁當教授時，是一個挺粗枝大葉的人，當師母有事出外時，他就會把當時僅有十歲的女兒帶到大學實驗室去，把我找來，要我當臨時保姆，然後就自顧自跑去做實驗了。他這樣做的後果是，實驗室總是被貪玩的佩瑩弄得翻天覆地，就像被龍捲風襲擊過似的。」許館長苦笑道，「後來陳翁的妻子病重時，我也曾在醫院見過佩瑩，她那時候已經十五、六歲了，她的樣子⋯⋯簡直就和那位鄭晴一模一樣。」

「陳翁立遺囑後，你有沒有問過陳翁這件事的緣由？」倩倩接着問道。

「他不肯說，」許館長回答，「傳聞說是因為佩瑩執意要嫁給一個男孩，所以才激怒了陳翁。無論如何，我知道陳翁其實還是愛着她的女兒的，他在落成典禮那天的行為，其實只是一時衝動；我一直都期待他會回心轉意，重新將遺產留給自己的女兒。但很可惜，他一直都沒有這樣做。」

說畢後，許館長便一直望着時間囊，沉默不語。

這時胡督察突然從遠處出現，往講台這邊趕了過來。

「倩倩，你這邊有什麼新發現嗎？我們警方的搜索隊已經檢查了地下樓層的一半面積，暫時還是一無所獲。」說着，胡督察奇怪地望向許館長，「咦？許館長，你為什麼露出這麼驚訝的表情？」

　　許館長望望胡督察，又望望倩倩。

　　「剛才你説你是偵探，原來不是在開玩笑啊？」只見許館長張大了嘴。

第十四章　在食品科學展覽區

　　此刻，在科學館的二樓，鄭晴和均均望着懸吊在天花板上的巨型客機。

　　「哇，好大的傢伙。」均均讚歎道。

　　至於鄭晴則望向手上的科學館導覽手冊，說：「手冊上面說，這是一架名叫『Betsy』的DC-3飛機，它不但是香港史上第一架客機，而且還是香港科學館裏的第一件展品。它並不是模型，除了引擎不能運作外，它可是一架貨真價實的飛機呢。」

　　「你說作案者會不會把遺囑藏在飛機裏面？」均均思考道。

　　「應該不可能吧，它固定在那麼高的地方，除非偷遺囑的人懂得飛，不然怎麼可能跑到那種地方去？」

　　「你說得對。」均均承認道，「咦？那又是什麼東西？」

　　只見在客機的下方，是一個小型的人工水池，一艘樣子古老的帆船靜靜地躺在水池中央，而水池的盡頭還裝有

一把大風扇。

「這展品是用來示範帆船如何利用風力向前推進
的，」鄭晴又望向手
冊，「這兒說，只要
適當調整帆的角度，
帆船甚至可以逆風行
駛呢！」

均均盯了水池半晌。

「啊！我知道作案者把遺囑藏在哪兒了！」突然他喊道，「一定就藏在這個人工水池裏：作案者只要用遺囑包着石頭，丟進池子，遺囑就會一直沉到底部，誰也不會發現——誰又會想到要去池底找呢？一定是這樣，來！守着我的鞋子，我要潛到水底去⋯⋯」

説着他便真的把鞋脱掉，準備跳進池裏。

「等等！」鄭晴笑着阻止道，「你先看清楚再往池裏跳吧，我可不想讓你頭頂上長一個大包。」

均均定眼一看，才發現水池裏竟然一滴水也沒有。看來警方早就已經想到了這個可能性，命人把水抽得乾乾淨淨。放眼望去，被抽乾了的水池底什麼都沒有，當然也不見遺囑的蹤影。

「唉，」均均歎着氣坐到水池旁邊，「到目前為止，我們仍然是一無所獲，遺囑到底被藏在哪兒呢？如果被倩倩他們早一步找到遺囑，那就糟了。」

「順其自然吧，」鄭晴也坐到他的身邊，「或許遺囑根本就不在科學館裏，已經被作案者帶到了科學館之外，那我們就不用擔心啦。」

「說起來，你認為作案者會是誰呢？」均均問，「你說會不會是那個曾想綁架你的劉喜雲？他剛才在電話中似乎提到過什麼文件之類的東西……」

「我想應該不是他吧。」鄭晴邊想邊道，「我不知道，或許是某個見義勇為的人？能躲開那些保安人員，打開堅固的時間囊，神不知鬼不覺地把遺囑偷出來，這個盜賊真的好厲害呢。」

「嘿，如果我有這個能力的話，為了你和你爸爸的幸福，我也一定會把遺囑偷到手。」均均認真地說。

「真的嗎？」鄭晴望着他，笑了起來，「謝謝你。」

「不用……」均均被她望得滿臉通紅，「遺囑又不是我偷的。」

「無論如何，我也要謝謝你幫我尋找那張遺囑，」鄭晴誠懇地道，「你知道嗎？和你做了朋友後，我才發現你這個人和我所想像的完全不同呢！」

「嗯？你本來認為我是一個怎麼樣的人？」

「這個嘛，我以前認為你是一個怪人。」

聽見這話均均的心情立即沉到了谷底。怪人？不會吧！他心裏叫道。

「為……為什麼呢？」他連忙問道。

「我不知道啊，你以前總是不正眼望我，和我說話時聲音又小得可憐，在學校走廊上和我碰面時總是低着頭……還記得那次我趁小息向你問功課時，你驚叫了一聲便衝出課室，只剩下我一個在原地呆站着。那時我還以為你很討厭我呢。」

均均邊聽邊用手遮着眼睛，一臉的尷尬。

131

「不過和你相處一段時間後，」鄭晴接着又補充道，「我才發現你其實是個很有同情心的人，又有幽默感，而且還很聰明。我想我越來越欣賞你了。」

　　此刻，均均的心情又從谷底跳到了山頂上。

　　「而且還長得很帥，你忘了提及這一點。」他老王賣瓜似地自誇道。

　　「哈哈，你想得美，我可不會說這種『埋沒良心』的話。」

　　兩人接着大聲笑了起來。

　　「對了，」當他們終於止住了笑聲後，均均問道，「如果你真的得到了那筆遺產，你以後打算怎麼辦呢？」

　　「嘿！你知道嗎？說來也巧，很久以前，當我望着櫥窗裏漂亮的新裙子，卻又沒錢把它買下來的時候，我也曾問過自己類似的問題呢！我所想的是，如果我突然變得很有錢很有錢，那我會用這些錢來做什麼呢？」只見鄭晴扳着手指數道，「那時我想，我一定要搬到一間又大又豪華的大房子去，請很多傭人來做家務，買很多很多新鞋子和新衣服，買很多很好吃的東西，請專人駕車送我上學放學，偶爾坐豪華郵輪環遊世界，又或者坐私人飛機到

法國巴黎去，喜歡買什麼就買什麼、想到哪裏玩就到哪裏玩……」

只見鄭晴望向均均，微笑着補充道。

「不過……這一刻，當我真有這個機會的時候，我卻發現那些都不是我真正想要的生活。」她用雙手托着下巴，「我唯一希望的，是爸爸能多點陪我：多點和我一起吃飯、多點跟我說話、多點和我出去玩。如果我能夠變得富有的話，爸爸便不用每天打兩份工賺錢還債、養家，我們也就可以多點見面了。」

鄭晴頓了一頓，又繼續道：「事實上，細心想想，我並不需要成為億萬富翁，只需要有足夠的錢讓我們把債還清了，可以和爸爸安穩地生活下去，那就已經足夠了；畢竟，你也知道，有太多錢也不一定是件好事。」

「會嗎？」均均笑道，「我倒是不太相信……」

就在這時，一陣女孩子的交談聲出現在不遠處，把均均嚇得直接彈了起來。

「是倩倩他們！」均均慌張地說，「糟了，我們得快點躲起來，如果讓她們看見我和你一起，肯定會知道我們在偷偷找遺囑。快！躲到那個展品後面。」

説着他們連忙往食品科學展覽區跑去。

　　兩人剛躲好，倩倩他們便出現在扶手電梯的位置。

　　「接下來我們要到哪裏去找？」走在前面的婉瑩問道。

　　「食品科學展覽區。」倩倩回答道。

　　「那太好了，」徐嘉明歡呼道，「這下我們可以去看看『食物劇場』了！這個展品從我小學的時候開始就已經有了，我可是百看不厭呢！」

　　聽見他的話後，均均緊張地望向他們所躲藏的展品，只見身邊偌大的電視屏幕上，印着「食物劇場」幾個大字。這下他們可被逮個正着了。

　　不過倩倩接下來的話又讓他放下了心頭大石。

　　「我們來可不是看什麼食物劇場的，」她沒好氣地說，「在食品科學展覽區的後方有一個緊急出口，我們要去看看作案者會不會留下什麼線索。」

　　一行人經過均均和鄭晴旁邊時，兩人連忙往牆壁上縮去，避免讓他們看見。

　　就當均均以為躲過一劫時⋯⋯

　　「食品工業是人類的生命工業，也是人類文明進步的

標誌……」突然一把男聲傳來，把兩人嚇了一大跳。

回頭一看，原來均均躲到牆上去時，不小心按到了牆壁上的一個大按鈕，於是電視便播放起食品工業近況的簡介影片。

「噓！噓！不要出聲。」均均低聲對電視機喊道，慌亂中又按了另一個按鈕。

聲音停頓了幾秒，又開始重新播放起來，唯一不同的是，這次的影片是普通話發音。

「啊！不要！」接着均均又按了另一個按鈕。

結果這次是介紹即食麵的了……

終於把所有按鈕都按了一遍後，均均才成功讓影片停下來。

「這下好了，」均均抹着汗對鄭晴說，「不知道他們會不會發現我們？」

「你覺得呢？」就在這時，一把熟悉的聲音從兩人背後傳來。

「哇！」均均回過頭去，說話的人果然就是倩倩本人，而她的身後則站着搜索隊的隊員們。

「這麼大的動靜，就連聾子也能聽見啦，」倩倩雙手

叉着腰説，「我説，均均你和鄭晴在食品科學展覽區這兒找什麼？能給我一個合理的解釋嗎？」

「呃⋯⋯」均均支支吾吾地道。

倩倩還來不及教訓均均呢，一陣腳步聲就由遠而近傳來。

法理？情理？

「小晴！原來你在這兒，」來人卻是鄭冠恆，只見他衝到鄭晴的面前，「你知不知道我找了你好久，讓我擔心死了。」

「爸爸，我……」

出乎所有人的意料，鄭冠恆突然指着均均，大聲喊道：「你！離我的女兒遠一點，不要對她有任何企圖，否則我不會放過你的！」

「爸爸！你怎麼可以這樣跟我的朋友說話？」鄭晴連忙叫道。

「小晴，我已經告訴過你了，不要再找他。」鄭冠恆把雙手放在鄭晴的肩膀上，「知道你快成億萬富翁後，這個人就突然對你大獻殷勤，你可不能相信他。」

「等等，你不會是想說我……」均均聽後氣得不得了。

「你能騙倒我的女兒，不代表你能騙倒我。」鄭冠恆轉過身來，對他怒目而視，「我清楚你在玩什麼把戲，少

裝蒜了。」

對女兒的關心和愛護，讓鄭晴的父親失去了判斷力；鄭冠恆沒有意識到的是，他的語氣已經越來越像當年的陳偉業了。

「爸爸，他一直都在幫助我們啊，你都誤會了！」

「我沒有誤會。他肯定是聲稱要幫你找出遺囑，然後把它毀掉，讓我們順利繼承遺產對吧？他當然樂於那樣做！因為他是在覬覦你外公留給我們的錢啊，他這樣說，只是為了博取你的信任而已，而事實上，他最終只會傷透你的心。你就相信爸爸一次吧。」

「不是這樣的！」均均否認道。

鄭冠恆沒有理他，只是繼續對女兒道：「在今天之前，他對你表示過友好嗎？你說，是不是在你突然成為遺產繼承人後，他才變得這麼有同情心？」

聽到這兒鄭晴呆住了，怔怔地望向均均。

均均想反駁鄭冠恆的話，想為自己辯解，但他卻不知道該怎麼說出口；他唯一能做的就是不斷地搖著頭。

「你⋯⋯是為了錢才肯和我做朋友的嗎？」鄭晴輕輕地問道。

「當然不是！我之前其實一直都很喜歡……」説到一半，均均便語塞了。

「鄭先生，」這時倩倩説話了，「我想為均均説幾句公道説話，他這人沒有什麼優點，但他的缺點裏絕對沒有『貪圖富貴』這幾個字，無論給他多少錢，他也不會為此而騙取一個女孩子的信任。我以我的人格擔保，你肯定是弄錯了。」

鄭冠恆望了望倩倩，又望了望均均，似乎有點猶豫了。

但他最後還是一臉堅決地説道：「小晴，我們走。」

「鄭晴，其實我……」均均連忙喊道，向她伸出手去。

只見鄭晴嚇得後退了半步。

於是均均把手放了下來。

大家目送着鄭晴和她的父親漸漸遠去，直至兩人的身影消失在扶手電梯後。

「均均。」婉瑩走上前去，卻不知道該怎麼安慰他。

不久之前，鄭晴才説過，有太多錢也不一定是件好事，現在均均總算明白是什麼原因了。金錢的魔力可以扭

曲一切，讓人把同情看成妒忌、把關心看成仇恨、把熱情看成心懷詭計，讓人無從判斷事物的本來面目。

「別理那傢伙，簡直是一個偏執狂。」溫學晴拍了拍均均的背。

「可是，你看見鄭晴剛才的樣子嗎？」均均心酸地說，「就連她也開始認為我是另有所圖了。」

「放心吧，很快她爸爸就會明白，不是每個人都是向錢看的。」倩倩說，「而至於鄭晴，我相信她能正確地判斷你的為人。」

「唉，我不知道。」均均無奈地說。

「相信我吧。」倩倩接着便換了個話題，「現在，均均，請告訴我，你和鄭晴之前真的在試圖把遺囑找出來，然後讓它從此消失？」

均均凝重地點了點頭，然後突然道：「倩倩姐姐，我求求你吧，鄭晴真的很需要這筆錢，而她也只是想讓她爸爸不用再拚命工作，多點時間陪伴她而已。我想作案者一定把遺囑藏到了一個極度隱蔽的地方，即使警方把科學館拆了也找不到；但是，如果萬一真的讓你找到了那張遺囑，你是不是可以……當作什麼都看不見，不要把它交給

140

警方？」

「均均，」倩倩輕聲道，「你也明白，我們沒有權利去替別人作主，陳翁留下了這份遺囑，無論看起來正確與否，這都是他的個人意願，我們不能因為自己的主觀看法而強行改變它。」

「但……但這明明是錯誤的啊！」均均瞪着眼望向倩倩，「我知道這遺囑是錯誤的，你知道它是錯誤的，大家都知道它是錯誤的。既然它是錯誤的，我們又有能力，為什麼不去糾正錯誤？難道你認為把上億的遺產全留給那個林政禮，才是最正確的做法？」

他望向在場的人，只見每一個人迎上他的眼神後，都忍不住低下頭去。

除了倩倩之外。

「正確與否，並不是由我們來決定的。」她説，「如果鄭冠恆認為那份遺囑是錯誤的，他可以通過法律途徑來解決，由法官來判斷遺囑有沒有效力。但我們卻沒有這個權力！」

「我説我們有。」均均不甘示弱地説，「在場各位，大家都有權投票決定，現在，反對把遺囑找出來並交給警

141

方的人，請舉手！」

倩倩連忙道：「均均，你是不可以用這種方式來決定的……」

沒想到溫學晴這時卻舉起了手。

「我反對。」她說，「對就是對，錯就是錯，那份破遺囑消失了就最好。」

遲疑了幾秒後，李曉培也把手高高地舉了起來，說：「那些錢本來就是屬於鄭晴的，我同意均均和學晴的想法。」

現在反對的人數已經達到一半了，大家望向還未表態的兩人。

「呃，我能投棄權票麼？」徐嘉明一臉冷汗地問。

「那好，現在是三比二了，一票棄權，」均均高興地說，「婉瑩姐姐，你是反對還是棄權？」

「我……」婉瑩望望這個，又望望那個。

但最後她還是舉起了手來。

「倩倩姐姐，」均均攤着手說，「這是不是說明我們已經有共識了？」

只見倩倩皺起眉頭來。

「不！我再說一次，我不同意。」她嚴肅地說，「就正如你即使得到全數贊成票也當不了飛行員一樣，無論有多少人反對，我們都仍然不是法官！所以，我不能允許你這樣做，我仍然會把遺囑找出來，然後直接交給警方。」

「你實在太不講情理了！」均均嚷道。

「我只是在講求法理而已。」倩倩則回答。

「你到底是為了法理，還是為了破案後的榮譽和聲望？」終於均均大叫道。

倩倩聽見這番話後，怔住了。

「喂喂，你們兩個，別再這樣了。」婉瑩連忙出來解圍，「今天大家都怎麼了，都在學那些老套倫理電視劇的角色一樣喊來喊去，大家冷靜一點好不好。」

於是倩倩和均均兩人都不再說話了。

接下來的沉重氣氛，把大家都壓得透不過氣來。

幸好幾分鐘後，均均便率先道歉道：「呃，倩倩姐姐，我剛才的話太過分了，請你……嗯，不要放在心上。」

只見倩倩木無表情地望了他一會後，才說：「如果我告訴你，把遺囑完完整整地交回警方這個決定，反而會對鄭晴有利的話，你會不會改變主意？」

大家聽了這話，都面面相覷起來。

「反而對鄭晴有利？」均均奇怪地問，「你的意思是，把遺囑找回來，交給警方的話，對鄭晴反而是一件好事？這個……我不明白。」

　　「我的腦子裏已經有了一個初步想法，」倩倩指着自己的腦袋説，「老實説，有些事情我還沒想通，但我相信這個判斷是正確的。沒錯，如果我們為鄭晴着想的話，我們就必須把遺囑找出來，然後交給胡督察！」

　　均均思索了一會兒：「好吧，倩倩姐姐，我相信你！」

　　「那麼，均均，你和鄭晴剛才都找過了什麼地方？」倩倩接着道，「或許你可以為我們提供一些線索。」

　　於是均均把剛才的經歷原原本本地告訴了倩倩。

　　倩倩聽後，仔細地思索了好一會兒。

　　「我想我有些頭緒了，」她説，「但首先……為了證實我的猜想，我必須向三個人，提出最後三個問題。」

第十六章　最後三個問題

在一樓的職員室裏，偉業集團的總經理劉喜雲，正坐在電腦前聚精會神地看着什麼。

突然有人輕輕敲響了門，這可把他嚇了一大跳，急忙把顯示器關掉。

「你好。」倩倩打開了職員室的門，把頭伸了進來，「請問你是劉喜雲先生吧。」

「是的，」只見劉喜雲鬆了一口氣，回答道，「找我有什麼事？」

「胡督察請我來問你一個問題，他本來想親自來的，但他實在太忙了。所以……」倩倩説。事實上胡督察根本就沒有叫她這樣做，這個問題是她自己想問劉喜雲的，但這刻，她並不急於向他公開自己偵探的身分。

「沒問題，請儘管發問吧。」劉喜雲熱情地説。

「胡督察想問的是：陳翁是不是曾經要你暗地裏訪尋過鄭氏父女？」

劉喜雲的表情立刻變了。

「他是怎麼知道的？」他喃喃道。

「這麼説那是真的了？」倩倩聽出了他話中的弦外之音。

「是的，」劉喜雲承認道，「其實這件事也沒什麼大不了的，只是陳翁曾叫我保守這個秘密，所以我不能隨便跟人説而已。但既然胡督察都已經知道了，我就直説無妨吧——沒錯，陳翁曾經請我暗地裏尋找過鄭晴和她的父親，想知道他們平安與否。」

「陳翁自己從來也沒有見過他們嗎？」倩倩問。

「沒有，但有一次……」劉喜雲停頓了一下，「有一次他實在是太想見見孫女，但又不想跟女婿碰面，所以便讓司機把車子停在她家附近的小巷旁邊，並叫我等到鄭晴放學回家時，把她哄到車子附近，讓他有機會和孫女談上一兩句話。不過，那次的事情卻不怎麼順利，鄭晴把我當壞人了，不肯跟我走，而當我想跟她解釋時，她就尖叫着跑掉了。後來，陳翁實在忍不住了，終於放下對女婿的成見，讓我開車送他去鄭家看孫女。但是，當我們去到鄭氏父女租住的地方時，發現他們已經搬走了。那次之後，就再也沒有鄭晴和她父親的消息。」

「陳翁其實也挺可憐的。」倩倩說。

「一直以來，陳翁都很想聽鄭晴叫他一聲『外公』，一直很想念這個唯一的外孫。」劉喜雲說着歎了一口氣，「陳翁雖然富有，但錢卻無法買來親情。對於和女兒斷絕關係一事，陳翁一直都很後悔，但無論他做什麼，都無法彌補這一切了。」

「既然如此，他為什麼不再立一份新遺囑，把錢留給自己的孫女？」倩倩問。

「這個……我也不知道。」劉喜雲回憶道，「我也曾經向他提出過這個問題，但他都只是不置可否地哼一聲。」

聽到這兒，倩倩笑了起來。她只覺得事情越來越清晰了。

「謝謝你的幫忙。」她說着點了點頭，便退出了房間外。

接着，在一樓的出入口附近，倩倩找到了許館長。

「嘿，大偵探，我們又見面了，」許館長輕鬆地向她打着招呼，「案件的進展如何呢？」

「有點眉目，」倩倩回答，「對了，許館長，我需要

問你一個問題。」

「哦？好的，隨便問吧。」

「你可以把當年落成典禮的進行過程給我詳細地複述一遍嗎？」

「啊？但那是二十多年前的事啊，我不知道還能不能記起來。」許館長説。

「嘗試一下吧，這對案件很重要。」倩倩鼓勵他道。

「嗯，好吧。」許館長回憶着説，「那天早上，典禮本來在十點鐘開始，但陳翁卻遲到了，大約十點三十五分左右吧，他的車子才終於到達。陳翁看起來怒氣沖沖的，剛站到台上，司儀還沒説話呢，他就宣布要和自己的女兒斷絕父女關係。這下現場人士立即議論紛紛，記者們爭相發問，典禮也幾乎無法繼續下去了，於是我便決定把落成典禮延遲一小時。之後，我看見林政禮不斷在對陳翁説悄悄話，似乎在勸説他什麼似的……」

「我想那時林政禮正在勸陳翁把遺產都留給自己吧。」倩倩思索道，「那接下來呢？」

「我想你説得對，」許館長繼續道，「接下來陳翁就走向我，問我可不可以把一份遺囑放到時間囊裏，在落成

149

典禮時一起埋到地底去，而我也爽快地答應了。之後，林政禮便馬上命人去起草遺囑，而陳翁則說要散散心，獨自跑到科學館的實驗室參觀。一個小時後，落成典禮正式開始，在台上，林政禮把遺囑和簽字筆交給了陳翁，然後陳翁親自向傳媒宣讀上面的內容。」

「聽見遺囑內容後，大家有什麼反應？」

「當然是驚訝不已了，記者們紛紛舉手發問，但陳翁沒有回答任何問題，用自己的墨水筆進行簽署後，便把遺囑交給了林政禮，直接放進了時間囊裏去。」

「接下來呢？」

「接下來我便馬上把時間囊關上了。而它也隨即被埋到了五米深的地底裏。典禮完畢後，陳翁和林政禮立即離開了現場，不單是記者，連我也無法跟他講上一句話。」許館長最後補充道，「從此以後，他便再也沒有提及過這份遺囑，就像它從沒存在過一樣。」

倩倩一邊思索，一邊不自覺地點着頭。

「看來我的回憶對案件沒有什麼幫助吧？」許館長苦笑着說。

「不！剛好相反。」倩倩對他眨了眨眼睛，「幫助可

大了，謝謝你。」

說着，倩倩便迅速跑開了。

在地下展覽廳的休息室外，倩倩找到了鄭冠恆。

「鄭晴在裏面休息，你別煩着她！」鄭冠恆不客氣地說。

「輕鬆點，我不是來找她的，」倩倩一臉誠懇地說，「我需要你的幫忙。你是一位記者吧，在招待會的過程中，你肯定拍了不少照片，請問可以借你的照相機給我，讓我檢查一下裏面的照片麼？」

「不能，」鄭冠恆連忙拒絕，「你要那些照片來幹什麼？」

「我必須通過你的照片，來找出偷取遺囑的作案者。」

「那就更不用想了，我是絕對不會讓你把遺囑找出來的。」

倩倩誠懇地說：「鄭先生，鄭晴是我們的同學，也是我們的朋友，我們都希望她過得幸福。而要做到這一點，就必須確認作案者的身分，必須掌握作案者偷取遺囑的證據，然後把遺囑找出來！這件事非常重要，但我現在一下

子很難跟你解釋清楚，所以，我只能要求你相信我一次！讓我看看那些照片吧。」

　　鄭冠恆望着倩倩，沉默了半晌後，才緩緩點了點頭。

　　他進入房間，從自己的攝影器材工具袋裏拿出他的單鏡反光數碼相機。

　　「希望你知道自己在幹些什麼。」當鄭冠恆把照相機交給倩倩時，他說道。

　　倩倩二話不說便檢查起照相機內的照片來。她一張一張地查看着，不時把照片放大仔細觀察。幾分鐘後，當她看見其中一張照片後，她笑了起來。

一個圈套

　　天色越來越暗了，不過科學館內仍然是燈火通明。警方的隊伍已經仔細地檢查過地下樓層和一樓，但似乎還是一無所獲，因此，他們都已經移師到二樓繼續進行搜索。

　　一個人影鬼鬼祟祟地出現在電磁廊附近。

　　借着展品的遮擋，人影躲過守在出入口警員的視線，神不知鬼不覺地溜進了位於乙塔內的小房間裏。在這房間裏所展示的展品，正是倩倩他們早上所見過的巨型等離子球。球內的閃電所發出的光，把來者的臉照得詭異非常。

　　只見來人從口袋中掏出一枚普通不過的硬幣，平穩地放在等離子燈的頂部，然後又掏出一個萬字夾，熟練地把末端扭歪。接下來，這人環顧四周，確定無人在場後，便從懷裏掏出那張警方遍尋不獲的遺囑來。

　　接着，這人小心翼翼地把遺囑放到硬幣上，調整好位置後，便將萬字夾的末端戳到紙上，和遺囑另一邊的硬幣互相接觸。

　　只見等離子球的電極上立即射出一道明亮的閃電，打

153

到硬幣所處的位置上。

　　剛開始時，什麼都沒有發生。但很快，遺囑和硬幣接觸的地方，竟然燃燒起來！燃燒的範圍迅速擴大，把遺囑燒出一個幾厘米大的洞來。

　　那人看見實驗成功，舉起遺囑看了幾眼後，才滿意地點了點頭，把遺囑塞到懷裏，把硬幣放回口袋，然後順手把萬字夾丟棄在地上。

　　仔細觀察四周的情況後，這人便大模大樣地離開了，然後通過扶手電梯，來到了科學館的地下樓層。

　　人影來到休息室前，輕輕把門打開。如果萬一休息室內有其他人在的話，這人可以編出無數個藉口來應付過去，要來休息室喝水啦、把東西忘在這兒啦、又或者只是想來坐坐……但幸運的是，休息室內一個人也沒有。

　　人影進入室內，把門關上，仔細觀察四周的環境後，便往休息室的一張桌子走去。在桌子上，放滿了人們留在這兒的隨身雜物：有婉瑩花俏的手提包、有均均的黑色背囊、有鄭晴的斜背袋子、有林政禮和劉喜雲的大公事包……當然，還有鄭冠恆的攝影器材工具袋。

　　找到目標後，那人沒有任何遲疑，馬上從懷裏拿出遺

囑，折疊了幾次後，便拉開了工具袋側面的拉鏈，打算把東西藏到裏面……

「逮着你了。」突然，這人背後傳來一把聲音。

那作案者嚇得一個踉蹌，幾乎跌倒在地，勉強轉過身去，只見倩倩已經從洗手間內鑽了出來，雙手叉着腰，臉上掛着屬於勝利女神的微笑。

看見事情敗露，那作案者連忙往出口撲去，把門拉開，但想不到房間外，胡督察就像一堵牆般，切斷了作案者的退路。而在胡督察背後，則站滿了警員。

那作案者看見大勢已去，往後退了幾步，無力地跌坐在沙發上。

「就是你偷取了陳翁的遺囑，並且試圖栽贓嫁禍給鄭冠恆，你以為自己很聰明，但卻中了我的圈套。」倩倩望着作案者說，「現在我們把你捉了個現行，罪證確鑿，你還有什麼可以抵賴呢？親愛的偉業集團副總裁——林政禮先生。」

只見坐在沙發上的林政禮，無力地低下了頭，本來緊抓在他手中的遺囑，也輕輕飄落到地上去。

倩倩走上前去，把遺囑撿了起來。

這時，許館長、劉喜雲、鄭氏父女、婉瑩和均均，都走進了休息室裏。

「作案者竟然是林政禮？」均均驚訝得張大了口，「這太不可思議了。」

「老實説，從一開始，我就已經懷疑他了。」倩倩説，「因為綜合所有證詞後，我不得不承認，從時間囊出土，到新聞發布會前，要把遺囑從堅固的時間囊裏偷走，根本是不可能的。但事實是，遺囑卻不見了！所以，遺囑被偷，就只可能發生在時間囊被打開之後，那麼，第一個打開時間囊的人又是誰呢？當然就是林政禮！所有人都看到，林政禮打開時間囊後，很久都沒有把頭抬起來，我們以為他在找遺囑，但實際上，他那時候正在努力把遺囑藏起來！」

説着倩倩掏出一張放大過的照片，這張照片是鄭冠恆在新聞發布會時所拍的，畫面正好是林政禮「發現」遺囑失蹤後，無力地跪坐在地上的樣子。只見他在照片中雙手握拳，彷彿在仰天長嘯。

「林政禮穿的是長袖西裝，所以他可以輕易地把遺囑捲起，偷偷藏在衣袖裏。大家看看這兒……」倩倩指着照片中林政禮的衣袖部分，「仔細觀察的話，我們可以看見

他西裝的衣袖內側，有一塊白色的類似內襯的東西。林政禮的西裝是黑色的，為什麼內襯卻是白色的呢？那其實就是他藏在衣袖內的遺囑！」

「但是，我不明白。」均均一臉疑惑地問，「為什麼林政禮要把遺囑偷走？遺囑不見了的話，損失最大的可是他本人啊！」

沒想到林政禮這時卻大笑起來。

「是的！遺囑的確是我偷的，我承認，」他笑道，「但除此之外，我什麼都不會告訴你們。你們隨便猜吧，但你們永遠都不會明白我這樣做的原因。」

沒想到倩倩卻向他搖了搖手指頭。

「你可能以為遺囑已經被破壞掉，我們就無法知道真相了嗎？」倩倩笑着舉起那張被燒出一個大洞的紙片，「你以為你把真的遺囑破壞掉了？」

林政禮聽後，瞪大了眼睛。

「你剛才燒穿的那一張遺囑是假的。」倩倩説，「在你來得及行動之前，我已經找到了你藏遺囑的地方，並且偷偷地使了一招『貍貓換太子』，用一張假的遺囑把真的替換掉了。真的那一張遺囑，現在正在胡督察那兒呢！」

「遺囑到底被藏在什麼地方啊？」均均忍不住插嘴道，「我好想知道！」

「這個嘛，結果可能簡單得讓你失望。遺囑事實上⋯⋯就藏在這間休息室的洗手間裏。」倩倩說着向後指了指。

「怎麼會？我們很多人都曾經到過那兒去。」劉喜雲說，「但我們都沒有發現遺囑的蹤影。難道⋯⋯是藏在馬桶的水箱裏？」

「不是，」倩倩望了望胡督察，「之前警方早已經詳細地搜尋過這兒的洗手間，但卻什麼都沒有發現⋯⋯警方當然不會忽略水箱之類的明顯地方，但他們卻還是忽略了一個位置，而這個位置是非常顯眼的，但一般來說，人們都不會想到要去調查，這個位置就是——抽氣扇。」

「什麼？」大家都不約而同地驚叫道。

「很簡單的方法，林政禮首先用手把轉動中的抽氣扇截停，然後把遺囑折疊起來，用膠紙固定在抽氣扇的其中一塊扇葉上，然後鬆開手⋯⋯當抽氣扇再次高速轉動起來時，那張遺囑就看不見了！」倩倩解釋道，「人類的視網膜有固定的反應速度，所以會產生視覺暫留。因此當我們看電影時，我們不會看見一張張獨立的菲林畫面，而是一

系列流暢的動畫；如果我們在電影菲林的其中一格中插入完全漆黑的畫面，當電影播放時，我們也不會注意得到，那是因為人眼無法辨識廿四分之一秒畫面的不同之處。同樣道理，由於抽氣扇的扇葉在高速轉動，而且扇葉的顏色和遺囑相近，所以遺囑就無法被人眼所辨認出來。」

「原來這遺囑一直都在大家的眼皮底下！」許館長說，「的確，有誰會想到去查看轉動中的抽氣扇呢？沒想到林政禮竟然運用科學原理來給我們的眼睛玩了一個把戲。」

「那麼，為什麼林政禮要把遺囑偷走？」均均把剛才的問題又提了一遍，「這一點，我真的怎麼想都想不明白。」

「原因嘛，你們看看遺囑就知道了。」說着倩倩望向胡督察。

於是胡督察從證物袋中掏出了那張真正的遺囑。

大家連忙湊了過去。

但仔細看了半天，大家都看不出什麼所以然來。

「我不明白，我們要看什麼？」均均問。

「這兒，」倩倩指着遺囑的右下角，「這份遺囑，並沒有簽名！」

遺囑的秘密

「沒有簽名，這份遺囑上真的沒有簽名。它是毫無法律效力的！」劉喜雲不禁喊道。

倩倩接着説：「在調查過程中，我曾經感到困惑。種種跡象表明，陳翁對於自己和女兒斷絕父女關係一事，一直都感到很後悔，同時他也一直在暗地裏關注着鄭氏父女的情況；既然如此，他為什麼不再訂立一份新遺囑，把遺產留給自己的孫女呢？但很快我就明白了──陳翁實在沒必要這樣做，因為他知道，那份保存在時間囊裏的遺囑，根本就是無效的！」

「但……這怎麼可能呢？陳翁當年的確曾在這份遺囑上簽過名啊！我親眼看見的，就連林政禮本人也確認過啊。」許館長感到難以置信。

「我們知道，陳翁不但是一個成功的商人，還是一個有名的科學家。許館長，你不是説過，當年陳翁在落成典禮開始前，曾獨自在科學館的實驗室裏待過一小段時間嗎？」倩倩提醒道。

「實驗室？這有什麼關係？」許館長重複道，看來他仍然不明白倩倩的意思。

「你在回憶那天的情景時曾說過，林政禮在台上把遺囑和一支簽字筆交給了陳翁，但當陳翁宣讀過遺囑，開始簽名時，他用的卻是他自己的墨水筆。」

「等等！你的意思不會是說……」

「我想像陳翁這樣出色的科學家，」倩倩笑着說，「要在實驗室中調製出隱形墨水來，應該不是什麼困難的事吧？」

「隱形墨水？」均均叫道，「就是那種間諜用的，寫在紙上一段時間就會自動消失的隱形墨水？在實驗室中可以製造出這種東西來嗎？」

「當然，」許館長解釋道，「只要用一種名叫百里酚的pH值指示劑，適當地混進乙醇中，再加入氫氧化鈉，就可以製作出隱形墨水。這種墨水一旦暴露在空氣中一段足夠的時間，就會逐漸變得透明，直至幾小時後完全消失！」

「就連一點痕跡都不會留下來嗎？」鄭冠恆問道。

「當然，如果你進行化學檢測的話，還是會在紙上檢

查出殘留物的，」許館長說，「但是⋯⋯用隱形墨水所簽的名，具有法律效力嗎？」

「沒有，」劉喜雲用職業的口吻說，「一份文件是否有法律效力，是取決於簽署者簽署時的意願。陳翁刻意把隱形墨水裝進墨水筆裏，再用來簽署遺囑，這說明他根本就沒有讓文件生效的意願。」

「但他為什麼要這樣做？！」突然林政禮大喊了起來，揮動着拳頭，彷彿在對某個不存在的人發着脾氣，「他明明答應把所有的遺產都留給我，為什麼卻又用隱形墨水來讓這一切化為泡影？」

「我想，當天陳翁答應把遺產留給你後，他立即就後悔了。」倩倩望着他道，「但他又不想當場推翻自己的承諾，畢竟，你是他的合夥人，萬一得罪了你，他不知道你會不會做出什麼對公司不利的事情來。所以，他才會用隱形墨水，來給你開一個大玩笑。」

「天啊⋯⋯」林政禮用手蓋着臉，「這麼多年來，我竟然就為了一個大玩笑，而逢迎了他二十多年！」

「我說老林，你這都是自作自受，」這時劉喜雲說，「如果一直以來你在公司能安分守紀一點的話，說不定他

162

會真的把遺產留給你了。」

「更自作自受的是，」倩倩接着說，「如果你不是試圖把罪行嫁禍到鄭冠恆的身上，我們也不會把你逮個正着。」

「剛才他想嫁禍於我？」鄭冠恆驚訝地說。

倩倩點了點頭，說：「我想，當林政禮在台上發現遺囑無效的那一刻，就已經隱約地產生了這個想法，不然的話，他實在沒有必要把遺囑偷走。他計劃趁警方鬆懈時，用打火機把遺囑的簽名部分破壞掉，然後把遺囑的餘下部分放到你的工具袋裏。在你離開時，警方肯定會循例進行搜身，當他們在你的身上找到被破壞掉的遺囑後，你就會背上偷取遺囑的罪名了。同時，由於大家都以為遺囑本身具有法律效力，於是林政禮就可以通過法律途徑，向你追討遺囑被破壞對他所造成的損失。如果一切順利的話，他甚至有可能會成功取得那筆遺產！」

「這樣做不但能借刀殺人，還能順道把屬於別人的財產也搶過來。」劉喜雲嘖嘖稱奇，「這麼無情的事，也只有你這個林政禮才做得出。」

「可惜他的計劃卻遇上了困難，」倩倩接着道，「他

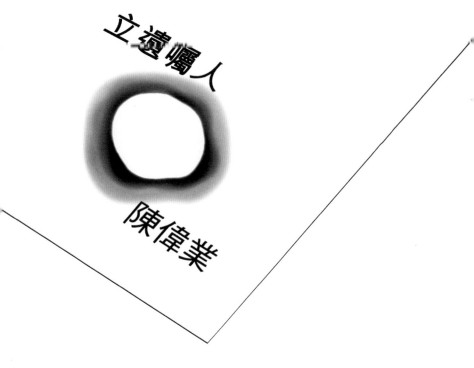

立遺囑人

陳偉業

無法找到任何可以點火的裝置：科學館這個禁煙區不會有打火機之類的物品，而科學館實驗室裏的本生燈之類的器材也被警方控制起來。情急之下，他運用了和陳翁一起工作時所得到的科學知識，想到了一個利用等離子燈放電現象來引火的方法。當然，為了證實自己的想法，他肯定會先拿其他紙張來進行試驗，但就是因為他在試驗時，隨手把萬字夾留在了等離子燈展品旁，才讓我識破了他的計劃。」

「這⋯⋯這一切本來都很順利的！」林政禮咆哮道，「就是因為你這個死丫頭，把一切都破壞了！」

「這都怪你貪圖富貴，」倩倩不客氣地說，「你本來

就是一個腰纏萬貫的有錢人，已經可以過上很好的生活，卻偏偏覬覦更多的財富，結果才在犯罪的道路上栽了筋斗。」

胡督察向兩旁的警員示意了一下，幾個人立即跑上前去，要把林政禮帶走。

「哼！你們不會這麼容易就把我定罪，」沒想到林政禮大叫道，「我認識全香港最好的律師，什麼偷遺囑、什麼嫁禍別人，這些罪名我都通通可以甩得掉！你們對我可一點辦法也沒有……」

「那試試把這些罪名甩掉吧。」沒想到劉喜雲舉起一塊電腦記憶卡。

「那是什麼東西？」林政禮不禁問。

「趁你留在科學館的時候，我已經找電腦專家駭進了你的個人電腦裏，把你虧空公款、偷取回佣、收受賄賂的證據都找了出來。」劉喜雲板着臉説，「我剛剛通過職員室的電腦把這些文件都下載到了這塊記憶卡裏，現在，我就把它交給警方，如果你的律師可以把這些罪名也洗脱掉的話，算你好運了，老林。」

「啊！」這下林政禮完全崩潰了，低着頭，任由警員

們拖走。

「謝謝你。」胡督察從劉喜雲手中接過記憶卡，然後向他敬了一個禮。

當警員們離開後，剩下來的人都不約而同地沉默了好一會。

「等等，」許館長說，「這不就是說……」

「沒錯。」倩倩望向鄭晴，宣布道，「既然陳翁生前唯一訂立的遺囑無效，根據無遺囑者遺產條例，陳翁的孫女鄭晴，的確就是這筆遺產的繼承者。」

尾聲

　　台下，閃光燈在閃個不停。鄭晴站在台上，幾乎連眼睛都睜不開來。

　　警方已經成功破案，還有林政禮被捕的消息傳出後，記者們又再次湧進了科學館裏，圍在地下展廳的講台前，聽取許館長對失竊事件的解說。

　　在同一天內組織兩次新聞發布會，並沒有讓許館長吃不消，相反，此刻他的臉上充滿了喜悅，站在講台上，語帶輕鬆地報告着案件的始末。

　　當他提到鄭晴已經被正式確認為陳翁遺產的繼承人時，台下又隨即閃起了一大片閃光。

　　此刻，倩倩、婉瑩和均均正站在觀眾席的最後一排，默默地等待記者會完結。

　　「我說，均均。」終於倩倩說話了，「你待會兒不去找鄭晴嗎？」

　　「不去了。」只見均均嘟着嘴說，一臉的落寞，「我去找她幹什麼呢？對於她來說，我只是一個為了錢而討好

她的投機者而已。」

「她不會這樣想的，」婉瑩也鼓勵道，「她一定會知道你是真心喜歡她。」

「還是算了吧，反正她也……」此時均均猛然醒覺，連忙喊道，「等等，誰說我喜歡她？你你你你你不要亂說。」

「你喜歡她這件事，連瞎子也能看出來。」倩倩說，「別裝傻了。」

「我不……唉，算了，」均均說着低下頭去，「反正也沒有什麼分別，反正她永遠都不會再理睬我了。」

「看開點吧，」婉瑩說，「你們還是同學呢！說不定以後她會有機會更進一步了解你的為人，從而改變想法。」

「唉，不會有這樣的機會了，她成了億萬富翁後，又怎麼可能會繼續留在我們那間普通學校裏呢？」均均頓了一頓，便對倩倩說，「對了，倩倩姐姐，很對不起，你是對的，當初我不應該懷疑你。事實上，幸好你把那張遺囑找出來，不然鄭晴的爸爸就會背負偷取遺囑的罪名，而林政禮的奸計也就會得逞了。」

「哇，你不用道歉了，我根本沒生氣。」倩倩笑道。

「我是真心的啦，我真的覺得很不好意思……」

「那好，從今天起一個月內，你每天都必須到我家去做家務，抹窗拖地煮飯炒菜全部做齊。噢，對了，別忘了清潔洗手間。」

均均嘟着嘴望了倩倩半晌。

「你其實還在生氣對不對……」他問。

「或者、也許、可能……」倩倩笑嘻嘻地說。

就在這個時候，現場突然響起了一陣掌聲。三人抬頭望去，只見許館長已經把咪高峯的位置讓給了鄭晴。

鄭晴望了望台下的人，緊張地清了清喉嚨。

「很不好意思，我從來也沒當着這麼多人的面說話。」她笑了笑，然後繼續道，「在此，我很感謝大家對我的關注，而作為外公陳偉業先生的孫女，我也很感激他把這麼大的一筆遺產留給了我。我……我感到很榮幸。」

台下又傳來了一陣掌聲。

「不過，我想在這裏宣布兩件事。」說着，鄭晴望向她的父親，只見鄭冠恆點了點頭。

「第一，」鄭晴接着說了下去，「和父親商量過後，

我們決定，我們還是不適合過有錢人的生活。所以，我們都同意，在取得那筆上億元的遺產後，就立即把其中的百分之九十九點九九都捐給慈善機構，只留下其中一小部分，用作清還債務以及改善我和父親的生活⋯⋯」

此話一出，現場立即爆出如雷的回響，驚呼聲和詢問聲此起彼落，響個不停。

「各位⋯⋯各位朋友，請靜一靜。」許館長走上前去，對着咪高峯喊道，「請大家靜靜地聽這位小女孩把話說完，可以嗎？」

於是大家都立即安靜下來。

「第二，」鄭晴繼續道，「據我所知，外公擁有的偉業集團百分之五十一的股份，也將會由我繼承。而我和父親決定，把這所有股份，都無條件交給偉業集團的總經理劉喜雲先生。」

這時，所有鏡頭都立即轉向了坐在台下的，一臉驚訝的劉喜雲。

「劉先生，請上台來吧，」鄭晴立即向他招手道，「請上來為大家發表一下感想吧。」

在她的不斷催促下，劉喜雲才心情忐忑地跑到了台上

去。

　　走到鄭晴身旁時，劉喜雲苦笑着，小聲地説：「我説，為什麼要把股份全留給我？都説無功不受祿嘛。」

　　「因為你看來可以把外公的公司管理得很好。」鄭晴也小聲地説，「不過，這可是有條件的哦──現在我要到台下去找一個人，作為那些股份的報答，你能幫我吸引那些記者的注意力嗎？謝謝你了。」

　　「這個嘛……沒問題，」劉喜雲立即比了一個OK的手勢，便跑到了咪高峯前，開始長篇大論起來，「各位嘉賓、各位記者，作為偉業集團的總經理，我在此歡迎大家的來臨，作為商界的領頭公司，偉業集團在過去的一年裏，業績增長了百分之十二個百分點……」

　　就當記者們都在聚精會神地聽着劉喜雲講話時，鄭晴已經偷偷跑到了觀眾席的最後一排去。

　　「均均！」她小聲喊道。

　　「啊，鄭晴……」均均聽見她的聲音後，二話不説就跑到鄭晴跟前。

　　倩倩和婉瑩望着他倆，不禁微笑起來。

　　「好啦，均均，」這時鄭晴認真地説，「我已經不是

一個億萬富翁了，你……你還想和我做朋友嗎？」

「當然！」均均高興地喊道，「事實上，現在是最好不過了。對了……鄭晴，其實一直以來，我都有一件事想跟你説。」

「你即管説啊。」鄭晴笑道。

「呃……其實，這個……我……一直都很喜歡……」

「很喜歡和我做朋友對吧。」沒想到鄭晴替他接了下去，「我也是呢。」

「呃，是的沒錯，我想説的就是這一句話。」均均嘴裏這樣説，心裏卻暗暗地歎了一口氣。還是算了，他心想，或許他們還是暫時做朋友比較好。

「噢，對了。我忘了，謝謝你。」説着鄭晴冷不防吻了均均額頭一下，「謝謝你為我所做的一切。」説着，她便紅着臉，往講台的方向跑了回去。

均均呆若木雞地怔了半分鐘後，才意識到發生了什麼事。

二十多年前，金錢並沒有拆散那對真心相愛的情侶。

而在二十多年後，金錢也沒能扼殺這一段剛剛萌生的愛情。

172

刑偵三人組
之探案筆記

　　在一間咖啡店裏，婉瑩和均均並排坐在沙發上，一副忐忑不安的模樣。

　　而我們的大偵探倩倩，則把雙手放在背後，在兩人前方踱來踱去。突然她把頭伸到兩人面前，正言厲色地問道：「快説！到底事情的真相是什麼？」

　　婉瑩和均均互相看了一眼，都不敢説半句話，生怕會不小心曝露秘密。

　　最後均均勉強笑着説：「倩倩姐姐，我們完全不知道你在説什麼啊。」

　　「哼！不用騙我了，我可是個心思細密的偵探，你們今天古怪的行為，統統都瞞不過我的眼睛，例如説⋯⋯」倩倩扳着手指數了起來，「一向喜歡在周末睡懶覺的婉瑩，今天竟然一大早就約我出外去吃早餐，然後還帶我去公共圖書館看書——我想稍微了解婉瑩的人都知道，她最

不喜歡的就是讀書的了。而當我感到事有蹊蹺，偷偷趁婉瑩去洗手間的時候溜走，準備回家去時，均均卻又打電話來聲稱自己被人欺負，要我趕去解救他，但當我趕到時，均均又說欺負的人已經逃去無蹤……」

均均眨了眨眼睛，裝出無辜的樣子來，說：「這是真的啦，婉瑩姐姐她比你早一步趕到，把那些壞人都趕走了，對不對？」

聽見均均的話後，婉瑩連忙大點其頭，連聲說是。

「唉，好吧，看來是時候要運用審訊技巧來解決這件事了。」倩倩歎了一口氣，「讓我們來核對一下你們兩人的口供吧，所謂口供，是犯罪嫌疑人或被告對於案件的回憶陳述，是非常重要的證據呢！」

說着倩倩伸出雙手，捂着婉瑩的耳朵，轉頭問均均道：「讓我問你，欺負你的人有多少個？他們都長什麼樣子的？」

「呃，他們有三個人，身穿破爛的T裇和牛仔褲，手臂上還有紋身呢！」

接着倩倩放開蓋在婉瑩耳朵上的雙手，問她道：「現在你說說，欺負你弟弟的人有多少個？他們都長什麼樣

子？」

　　只見婉瑩聽後一臉茫然，看着均均對她不斷擠眉弄眼，便支支吾吾地説：「嗯……欺負均均的人有……五個？他們都身穿長袖皮褸和皮褲。」

　　倩倩聽後搖了搖頭，説：「唉，早就知道你們是在胡説八道，一會兒説有三個人、一會兒又説五個；一會兒説他們手臂上有紋身，一會兒又説他們身穿長袖皮褸，你們的口供完全不一樣，這些謊話要誰信？還是快點告訴我，你們到底在暗地裏盤算些什麼吧。」

　　「唉，好吧。」婉瑩和均均看見大勢已去，便垂着頭説，「但我們得先回到你家裏去，再跟你解釋清楚。」

　　於是倩倩便和兩人一起回到她的家中。當她打開大門時……

　　「生日快樂！！」只見倩倩家的客廳擠滿了她的同學和朋友。原來婉瑩和均均千方百計要把倩倩引開，是要讓大家有足夠時間為她的生日派對進行布置呢。不過由於倩倩實在太精明，他們差點兒露出了馬腳。

　　為大偵探慶祝生日，可真不是一件容易的事……

刑偵三人組 2

消失的遺囑（修訂版）

作　　者：麥曉帆

繪　　圖：疾風翼

責任編輯：周詩韵

美術設計：李成宇

出　　版：山邊出版社有限公司

　　　　　香港英皇道 499 號北角工業大廈 18 樓

　　　　　電話：(852) 2138 7998

　　　　　傳真：(852) 2597 4003

　　　　　網址：http://www.sunya.com.hk

　　　　　電郵：marketing@sunya.com.hk

發　　行：香港聯合書刊物流有限公司

　　　　　香港新界大埔汀麗路 36 號中華商務印刷大廈 3 字樓

　　　　　電話：(852) 2150 2100

　　　　　傳真：(852) 2407 3062

　　　　　電郵：info@suplogistics.com.hk

印　　刷：中華商務彩色印刷有限公司

　　　　　香港新界大埔汀麗路 36 號

版　　次：二〇一八年七月初版

ISBN: 978-962-923-465-2

© 2011, 2018 SUNBEAM Publications (HK) Ltd.

18/F, North Point Industrial Building, 499 King's Road, Hong Kong

Published and printed in Hong Kong